尤哈

（芬）尤哈尼·阿霍 著

余志远 译

中国青年出版社
全国百佳出版单位

图书在版编目（CIP）数据

尤哈 / （芬）尤哈尼·阿霍著；余志远译 . -- 北京：中国青年出版社，2025.5. -- ISBN 978-7-5153-7693-6

Ⅰ. I531.45

中国国家版本馆 CIP 数据核字第 2025NL3461 号

尤哈

（芬）尤哈尼·阿霍　著　余志远 译

责任编辑：侯群雄　岳　虹
出版发行：中国青年出版社
社　　址：北京市东城区东四十二条 21 号
网　　址：www.cyp.com.cn
编辑中心：010-57350401
营销中心：010-57350370
经　　销：新华书店
印　　刷：三河市君旺印务有限公司
规　　格：650mm×910mm　1/16
印　　张：11.5
字　　数：125 千字
版　　次：2025 年 5 月北京第 1 版
印　　次：2025 年 5 月河北第 1 次印刷
定　　价：55.00 元

如有印装质量问题，请凭购书发票与质检部联系调换
联系电话：010-57350337

前　言

　　尤哈尼·阿霍 (Juhani Aho, 原名 Johannes Brofeldt)，1861 年出生于芬兰东部萨伏省的一个牧师家庭。1880 年至 1884 年他在赫尔辛基大学学习 4 年，但没有获得学位。他在大学时就显示了他的文学才能。1883 年他的早期作品短篇小说《当父亲买灯的时候》就在萨伏—卡累利亚地区大学生写作比赛中获奖，这也标志着阿霍写作生涯的开始。

　　《铁路》(1884) 是阿霍在 1883 年发表的成功之作。火车在当时是一种新事物。阿霍通过农村一对老年夫妻第一次坐火车的故事，描绘了与现代文明隔绝的、自给自足的农村生活，带有浪漫主义的色彩。阿霍还写了一些描写知识分子的作品。《牧师的女儿》(1885) 和《牧师之妻》(1893) 则是描写妇女的不幸婚姻。这两部著作中，人物形象的刻画明确且带有忧郁的色彩，他对自然的描写是很抒情的。《海尔曼老爷》(1884) 是一部讽刺庄园主生活的中篇小说，这部作品的发表曾引起争议，阿霍在该作品的第二版中做了某些删减。阿霍着重描写人物思想和心理活动的作品有《到赫尔辛基去》(1889)、《孤独》(1890) 和《忠实》(1891)。从 1890

年起，阿霍作品的题材和风格都开始发生变化。历史小说《巴奴》(1897) 和《春天和残冬》表明阿霍已转向了浪漫主义。阿霍最成功的小说是《尤哈》(1911)，题材和风格都有革新的色彩。故事情节有点像《牧师之妻》中的三角恋，只是故事的发生地点放到了芬兰东部卡累利亚地区。主人公尤哈娶了年轻的妻子玛丽亚，通过玛丽亚与人私奔，反映出她的贪婪和尤哈的保守和忠厚。这部作品至今仍受人们喜爱，曾两次改编成歌剧，四次拍成电影。

阿霍还创作了许多幽默、讽刺短篇小说，共有 8 集，称为《刨花集》(1889—1921)，这些短篇小说在他作品中占有重要的地位。他的作品大多数都是描写芬兰普通人的生活，所以他被誉为"芬兰人民形象"的塑造者。阿霍是芬兰 19 世纪 80 年代文坛上的中心人物，既是一位现实主义作家，也是一位很有创造性的散文大师，在芬兰文学史上的地位仅次于基维。

在翻译阿霍作品的过程中，译者得到了芬兰专家 Risto Koivisto 和 Pirkko Luoma 的大力帮助。另外，本书的出版还得到了中国青年出版社和芬兰 FILI (Finnish Literature Exchange) 的帮助。谨此向他们一并致谢。

余志远
2015 年 5 月于北京

第1章

一座高山的山坡上，一个长长脊背的男人，身着一件麻纱衬衣，脚穿一双桦树皮鞋，正在树林里伐木开垦。一棵桦树刚倒下，他就砍向另一棵桦树，树上的叶子开始唰唰地颤动，接着破碎的木片就向四处飞扬。他砍伐腿肚子粗的树木就同砍伐矮小的树丛那样利索，而且从不直起腰来。

他在山坡上辛苦劳作的那座小山坐落在广袤无垠的荒原上，那里到处耸立着这样的山丘，宛如水洼地里的小土包。所有别的山头上，树林一直覆盖到山顶，而只有这座山头，向阳的山坡已经开始被开垦了，从山下正在往山顶挺进，不过完成了还不到一半儿。尽管如此，在这片一望无际的荒原上，一小块空地已经出现了，这是原始森林中的一个凹痕。放眼望去，坡上一片黑麦地泛起绿波，往下是青草地，再往下是沟壑，沟壑后面有一幢农舍，它坐落在一块长长的岬角的尽头，环抱着岬角的是小小的湖泊、弯弯扭扭的水道和急流。

从他砍伐树木的地方，他可以看见这幢房子。他停了一会儿，眼睛往下看了看。他看见了那块麦地、自己的房子、岬角以及急流。他举起斧头，好像要把斧头砍在树桩上准备喘口气，但他却又砍向另一棵大树，并且又开始摆动起来——他就是这个长长脊背，身着麻纱衬衣，脚穿桦树皮鞋的人。

斧头举起来，又砍下去，从树干上拔出来，又插进去。当一棵树哗啦一声倒下，另一棵树就已经开始颤动。这个人的思绪也随着劳动的节奏而起伏。一会儿这样想，一会儿又那样想。但是不管怎么样，思绪总是从刚终止的地方继续，又在刚开始的地方结束，因为要摆脱那些想法或者接受那些想法总会遇到同样的困难。

"难道我们又非得怒气冲冲地分手吗？——难道她一定要说这样刻毒的话吗？她怎么能说出这样的话呢？尽管她说的是事实——她说我是'驼背老头儿——罗圈腿——尖下巴'，我有什么办法呢？先天的缺陷我是无能为力的。你嫁我的时候，你是看见的。你到我家时，你是知道的。你知道我的左腿是瘸的——然而你怎么能这样说呢？"

他停止砍树，把斧头放在地上，并且坐了下来。

"没错儿，我是老了。我从来也没有吹嘘过我的外貌。但是，难道她的眼睛就非得像凶暴的恶狗那样闪动吗？即使我抚摸一下她的肩膀，难道她非得对我大发雷霆吗？说什么'滚开！别碰我！'她险些用长柄勺子揍我。我只是想抚慰她一下，让她不要再生气——这样我们就可以和解——我总是对她让步，我什么时候对她使用过暴力啦？！"

"以往，当她说了几句刻薄的话，她很快就会后悔，并且会跟我和解。这次，我真希望她现在能把饭送来，这样一切都会重归于好。当我听到她走来时，我会老远就向她表示，我已经把一切都忘掉了。如果今天她能像从前一样边走边唱，让歌声在林子里回荡，那么我在这儿就会像公牛一样吼叫，像灰熊一样咆哮，以此表示我已经把一切都忘掉了，希望她也是如此。"

他是相信她会来的。暖洋洋的阵风吹得树叶沙沙作响，片刻的歇息使他平静了下来。即使她说了这些话，那也是气头上说的话，或者是别的什么东西惹怒了她，但不是我。就像从前她还是个小姑娘那样，我会把她抱起来，让她坐在桦树中间的树杈上。她会坐在布谷鸟啼叫的那棵树上，而我就坐在这儿的树墩上，我管她叫布谷鸟，我称她为林中女神——这些东西她很愿意听，尽管装作没有听见似的，而且，当她沿着牛车行驶的小道走时，还会情不自禁地唱了起来。然后她会大声喊道："帮我一下，尤哈。除非你帮我，否则我下不来了！"——她会像小孩一样紧紧抱住我的脖子，让我把她抱起来，穿过林中空地，一直抱到柔软平滑的青草地上。

尤哈坐在林子里，两手夹在盖着工作服褶边的膝盖中间，眼睛缓慢地扫视着他所砍倒的树木，这时他眼前好像看见了玛丽亚，她光着脑袋，头巾滑落在脖子周围，手里拿着一把他亲手锻造的，很灵巧的小钩刀，她正在剪割树枝，采集洗萨乌那（桑拿浴）时用的桦树枝*，同时他自己正挥舞着斧头朝着粗大的树木咔嚓咔

---

* 芬兰人在洗蒸汽浴（芬兰语的原文是 sauna，萨乌那，通常译为桑拿浴。）时习惯用桦树枝条抽打身体以促进血液循环。通常把桦树枝条扎成一把一把的使用，称之为浴条。

嚓地砍伐。好多年来，她会这样地来到山上，作为年轻的妻子，为丈夫所开垦的林地而高兴，为他所种植的庄稼而歌唱。于是，令人惊讶的是，干旱从未干枯过这块土地，严寒从未冻伤过这里的庄稼。尤哈知道原因所在：他手中拥有谁知道来自哪个神殿的森林之王——这位来自远方崇山峻岭另一端的卡累利亚*女子。

　　现在她不再来了，不再让他抱到树杈上，抱到草地上了。她不再来歌唱，不再来采集树枝，连饭也不再送来了。从早到晚，她对这个老头儿很不客气。

　　而尤哈，他却仍然倾听，即使是碎木片从一棵弯曲的桦树上愤恨地飞落下来，他也侧耳细听。他仍然是一边砍伐，一边听。是不是有人在呼喊？——他睁大眼睛，越过他所砍倒的树木，朝着开垦地下方使劲张望，接着飞身跳上他刚才坐的那块岩石。那儿没有人。声音是不是从远处山下他所看不见的地方传来的呢？林地的另一端如果有人走上来，他是会听见的。从林地的另一端，他可以沿着路边的青草地，牧场和耕地一直看到他家的场院。从前他曾经这样空等过好几次，如果不是这样的话，现在他还会等下去的。但是，这次他却拿起斧头继续砍伐——砍啊，砍啊，他多砍倒一棵树，他就越靠近空旷地的下方，从那儿他就能直接看见自己家的场院。为了快些砍到那里，他砍伐最边上的树木。一棵树接着一棵树轰隆轰隆地倒了下来，它们吼叫好像不仅仅是因

---

　　* 卡累利亚可分为东部和西部。东卡累利亚为俄国领土，西卡累利亚与芬兰接壤，有一部分是在芬兰境内。卡累利亚大部分是宽阔的平地和沼泽平原。南部狭长冰碛山之间有指状湖泊和沼泽，北部受冰川侵蚀，形成数千个湖洼地和许多湍急的溪流。森林覆盖面积达 85% 以上，沼泽区多泥炭。

为自身的垮台。

没有人从那个方向上山来。母牛躺在山下阳光照耀的牧场上，两条小船在湖中慢悠悠地行驶。第三条船跟在后面，靠近岸边的阴影处，好像潜伏在那里似的。尤哈很快就发现这两条船是来自俄国，它们是贩卖日用品的货郎船。从船航行的方向他可以判断，这两条船是不会绕着岬角而冲入急流的，而是为了绕过急流而在尤哈家的岸边停靠，并且把船和货物从地面上搬运过去。这样他们或许需要一匹马。他是否应该下去呢？噢，让他们征求玛丽亚的许可自己从牧场把马牵走吧！他们知道该怎么做。第三条船好像是烧炭人的木船。

他转过身来，朝着林地的上方又砍倒了一排树，接着又往下砍伐，回到了下方。还是没有人来。不过，为什么要有人来呢？他又砍到了上方。现在他觉得该休息一下了，他又坐在那棵长有树杈的桦树下的石头上。尤哈该重新整理一下他的思绪，该好好考虑考虑，现在发生的一切到底是怎么发生的。但是，他的思绪放荡不羁，他压根儿控制不了。

"从前，不管我在多么遥远的地方干活儿，她总是会把饭送上山的。她带来的是烤鱼片，一桶酸牛奶——现在她觉得我老了：'驼背老头儿——罗圈腿——尖下巴！'也许是这样。不过，尽管她贫穷，一无所有，而我不得不给她盖房子，为她开荒种地，在泥沼地里苦干，但是我什么时候因此而责怪过她了？只要这个人是男子汉，长得怎么样，年龄有多大，这有什么关系呢？难道至关重要的不是他能做什么，他能有什么作为吗？阴冷的林子里的房子难道不是我盖的吗？房子周围还有马厩、围栏、萨乌那屋、谷仓、一匹马以及五头母牛，难道这一切都不是我干出来的吗？瞧这座房子，它就位于急流旁边，阳光照耀下的林间空地之中，在湖水环抱的岬角之上。

"请玛丽亚告诉我，还有谁会给一个来自外来部落的女乞丐，一个弃儿，修建起那么多的东西？如果她在她自己的家乡当女奴，在老熊山村当仆人，这样对她会不会更好一些呢？请她告诉我吧。可是，我得到什么样的回报呢？我还不老的时候，当我还没有气喘吁吁的时候，她还是很乖的——也许她认为这样就算报答我了。"

尤哈已经感到后悔。"我为什么要责怪她呢？那时候她还是个孩子。我年龄比她大，应该更懂事儿——如果她能跟我一样对同样的事情感到高兴，那有多好啊！如果她能说：'你又开垦了一块林地，这将是一片广阔的庄稼地啊！'要是她能这样说就好了。但是，她不会这样说的！"他停止了思索。"没错儿，这是因为我们没有孩子！就是这个原因。她渴望有个孩子！这就是为什么现在她如此表现的原因。我们没有孩子，而且将来也不可能有！她不想生的话，我们怎么能有孩子呢？"

此时，他听见林地下方有人在砍伐，但是在乱砍，好像不知道怎么砍伐似的。尤哈呼啦一声跳了起来，不过他看见的只是颤动的树枝。会不会是玛丽亚？会不会是她给他送饭来了？是不是她开始在采集桦树枝？也许她在那儿已经很长时间了，而他却压根儿没有注意到。

这个人不是玛丽亚，她是卡侬莎。会不会是让卡侬莎先走，然后她带着午饭跟着上来？——不，不是这样，卡侬莎已经把饭带来了。

　　女仆开始打开装有午饭的布袋，但是尤哈却对她说他要回家了。让卡侬莎留下来砍桦树枝吧。他觉得他再也砍不动了。这不是星期六吗？还要去撒渔网呢。"我从这棵树上砍一些桦树枝。"但是，此时他好像又看见了玛丽亚，他看见这位年轻的主妇正在从他刚砍倒的桦树上砍树枝，她光着脑袋，头巾围在脖子上，就像一棵细长的桦树，体态婀娜，亭亭玉立。尽管她有一双褐色的眼睛，黑色的头发，深色的皮肤，但是她比任何人都俊俏迷人。她把树枝捆成一捆，然后放在路旁。她把双手叉在腰上，扭过头来，笑着说："瞧，尤哈，怎么能让小羊一个冬天嚼这样的东西！"当把树枝码在路旁后，他们就一起回家了，胳肢窝下夹着一大把洗萨乌那时用的桦树条。他们一起穿过已经播种的麦地，一边走，一边唠叨，明年要在这儿开垦一块地，在那儿再开垦一块地。只要他们生命不息，他们就要努力不懈，一直要把整个山头都开垦完，让松树林变成有叶林，而只在山顶上才留下光秃秃的岩石。他们会富裕起来的，这个有钱的老头儿，他将盖一座漂亮的房子，教区里是最好的，不过也不是什么豪宅——"让我们这样干吧，就是要气气你家那些趾高气扬的族人。"是的，他们就是这样干的。此时，玛丽亚走在他的前头，她手里挥舞着桦树条，飞身跳过了围栏。

　　那时候，尽管她心里也许是这样想的，但她并没有说："驼背老头儿——罗圈腿——尖下巴！"不管怎么样，现在我并不比那时候有什么不同，我过去是这样，现在还是这样。

　　我们以往共同高兴的事儿现在不能使她高兴了，没有一件我感到高兴的事儿能使她高兴起来。早晨，她从她的小屋里走出来去干活时，就是满脸怒色，晚上，回她的小屋去睡觉时也是怒气冲冲，并且还把门闩上。我该不该带她去见教区教长呢？这位教长主持过我们的婚礼，还拉着我们的手祝我们幸福。她会不会去呢？教区教长对付这样的天生尤物会有什么办法吗？

这就是尤哈重复不停的思绪。不管他怎么想，他还是摆脱不了，就像在荒原上跋涉的牲口那样，最终还是走投无路。

眼前的路首先是往下走，穿过黑麦地，沿着一片嫩绿的青草地向前延伸，然后穿过矮树丛往下进入洼地，那里能听见急流的咆哮声，透过树丛能看见滚滚的水流。急流在一片比较茂密的树丛后面消失了，接着这条路就往上通向牧场，经过牧场进入尤哈家的场院。

玛丽亚正在牛栏里挤牛奶，她直起腰来，想看一看，沿着院子与谷仓间的小路走过来的是谁，然后又蹲了下来，什么话也不说。不过，她还是冷冰冰地瞟了他一眼，嘴角苦涩地一撇，就跟锯齿一样难看——她还没有消气呢！她身上还穿着破旧不堪的晨服，她在这样的情绪下总是这样穿的。她还没有对她所说的话感到后悔。看起来她好像还准备把这种刻毒的话再朝我说一遍似的。她也许还在这样想：这个驼背老头儿，这个罗圈腿来了。当尤哈穿过场院走进厅堂时，他觉得他每走一步，他的背脊就好像被一支支利箭射穿似的。

他从餐厅里拿了一块面包，随手从渔具棚里一把抓起渔网，走到湖边，并且把小船推到湖里。

玛丽亚看见尤哈走了过来，她觉得她应该说几句好话，但是，就像干巴巴的树皮面包一样，一下子就卡在喉咙里了。而且她那股倔强劲儿跟着发作了起来：他就是这样的一个人——他是不会改变的！我对此也是一筹莫展！要我改变也是不可能的！即使把我抛到急流中，我也不会改变！即使他像条狗那样求我，要我对他好也是不行的。

我觉得他像个呱呱叫的青蛙，而我也是一样，对此我有什么办法呢？——不，我不说了，我什么也不说了，我不再开口说话了！不过，他为什么要向我求爱呢？他应该满足于把我当作女仆对待——他为什么要引诱我步入婚姻的殿堂呢？

当她把充满泡沫的牛奶倒入夹在双膝之间的奶桶时，她的脑海里就像海浪一样汹涌澎湃。就在这时，她看见一个陌生人靠在围栏旁站着，此人身材修长，嘴上留着卷曲的络腮胡子，说话带有阳刚之气，很有风趣，音调非常优美。

"喂，姑娘，我能在你们家过夜吗？你能让一个走远路的人在这儿洗个萨乌那澡吗？"

第 2 章

当尤哈撒网后回家时，他看到萨乌那已经烧热了，洗澡用的水已经装满，一捆木榻上用的麦秸已经竖放在门旁。萨乌那屋里的木榻上已经有很多年没有铺麦秸了！看来她已经消气了！她知道我喜欢这样做。连浴条也扎好并排放在门厅的长凳上，而且的的确确是用我带来的桦树枝条编扎的。一把是给她的，另一把是给我的！她会亲自来给我洗澡，不会派卡依莎来的。我们将坐在一起吃晚饭——而且她不会把她的房门闩上了。

突然，尤哈感到他的房子焕然一新。当炉灶冒出熊熊烈火时，刚才还是阴冷黑暗的厅堂里顿时光芒四射，好像整个世界都变得红彤彤的：那儿是厅堂，中间是门厅，那儿都是储藏屋，一个是最小的，还有不大不小的和最大的。那儿是马厩、牛棚和谷仓，中间有条小路，马厩和牛棚的外边是围栏，围栏里母牛在反刍时铃声叮叮当当响个不停。那儿是干干净净的场院，农舍后面是松树林。他为玛丽亚所干的一切都没有白干，不是吗？这一切大概她不会拒绝吧，这一切也许她又喜欢上了——因为麦秸已经放在门旁，浴条已经放在门厅的长凳上。把她过去说的话忘掉吧——我们这儿讲话，谁也不可能字斟句酌啊！尤哈看见玛丽亚从厅堂走了过来，身上穿的不是破旧的工作服，而是节日的盛装，好像在迎接客人的到来。此时，他完全相信，现在一切又重归于好了。她不是在接他吗？她先朝她的小屋走去，但却转向通往湖边的小道，她简直是朝着他急匆匆地奔过来的，好像见到他非常高兴——尤哈，你终于来了！

"烧炭人正在厅堂里等着你呢！"玛丽亚说，脸上容光焕发，眼里露出了激奋的神情。"但是，千万不要同意他们的打算！他们对卡累利亚人不怀好意。"玛丽亚的眼睛里一点儿也没有刚才在围栏里挤奶时所流露出的那种神情。

坐在厅堂里的是几个浑身沾满烟垢和焦油的烧炭人。夏天，他们在湖区两岸松树林里为沿岸的农户烧制木炭和焦油。尤哈认识他们，因为他们来到他的农场购买粮食。冬天，他们设陷阱捕野兽，偷盗驯鹿，一直游荡到拉普兰的边境。这些人处于半游击状态，但是跟尤哈他们总是千方百计保持友好关系。这次，他们一定有什么特别的打算，因为他们坐在厅堂里，神情鬼鬼祟祟，不停地卷裤腿，用脚尖敲击地板。

尤哈坐了下来，等他们开口。其中一人悄悄地挪到他的身旁，黑脸上的眼睛闪闪发亮。

"喂，当家的，熊已经被我们围住了。"

"金光闪闪的毛皮，这样的熊以前从来也没有抓到过。"另一个补充说，"他们每个人口袋里的钱包都是鼓鼓的，船上装的一半是货物。"

"他们只有三个人，而我们有六个人。"

尤哈马上明白他们的意思。

"别去碰它们。冬天，你们哪里能把它们围住！就算把它们围住，如果万一从巢穴里逃出来，你们追不上的。"

"他们逃走不了的！前腿和后腿都用绳子捆住了——就像麦子袋那样，呼啦一声被推到了船底——把船从岸边推开，让它随波逐流吧！这是急流冲击的缘故，谁也不会置疑的。"

"他们在岸上数钱，"第三个人插嘴说，"这是横财，不是吗？"

"对俄国佬不用在乎，"第一个人又说，"这次我们大概可以在他们身上抽一次税了。"

"难道你们以前没有这样做过吗？"尤哈问道。

"我们从来也不像他们那样！去年冬天，他们是怎么对待我们的？我们在莱伯山的山坡上有满满一屋子的猎物。他们却把它洗劫一空，只剩下一张松鼠皮来气气我们。"

"就是这些家伙？"尤哈打断了他们。

"我们并不确切知道是不是这些人，但是我们知道他们都来自同一个地区。"

"去年万圣节在基安泰放火烧房，大肆破坏的人也是来自同一个地方。"

玛丽亚已经走了进来，她正在炉灶旁边忙碌。

"刚才有一个人来我们家，他问能不能在这儿洗萨乌那澡并且过夜。"

"你同意了没有？"尤哈问道。

"以前我们从来也没有拒绝过，不是吗？　他问能不能买点儿麦子。"

"是哪一个人？"其中一人问道，"是那个又高又大的家伙吗？"

"他个儿很高。"玛丽亚说。

"黑头发，卷曲的络腮胡子？"

"哦，大概是的。"

"你可得提高警惕，"其中一人热情地，几乎有点儿激奋地对尤哈说，"他们假装来做生意，同时仔细察看你们的家，你们屋里的东西。今年，他们来买东西，明年，他们就会来抢东西。他们洗劫一空后就会放火烧房子，把没有烧死的人都抢走去当奴隶。他们这样做已经不是第一次了。"

"我不信他们会这样对待我们的房子。我们一直跟他们和平相处，我们将继续这样做。让他们先开始吧，我决不会开第一枪，我也不会让别人这样做。你们在别的地方怎么做，我不管，但是在和平时期，只要我能听得见叫喊声，我绝不允许在我的地盘抢劫任何旅客。"

"想办法让你听不到。"

"我会听到的。"

尤哈说得非常肯定，因此不需要再多说了。大家都绷着脸，而玛丽亚却以感谢的眼光向尤哈看了看。

"我们根本不该来这儿问您。"

"你们想干什么就干什么，别把我们牵连进去。"

"不管怎么样，我们运气不好呀！——对啦，这次他们可逃脱了。"

这帮人一边沮丧地抓着脑袋，一边就离开了。

"难道我们不该去提醒一下客人吗？"玛丽亚马上说道，"万一他们会干什么。"

"既然他们来问过我们了，他们是不会干什么的。"

"但是，他们也许会跟着他们，一过边界，他们会抢劫，并且把他们杀死。"

"到了那儿，他们想怎么干就让他们怎么干。再说，只要到达了急流，他们也就无能为力了。"

"不管怎么样，还是去提醒一下客人吧！"

"你真的求我吗？——要乖乖地求我。"

"我真的求你了，而且是很客气地求你。"

"他们不会有麻烦，不过，我还是去一下吧。"

玛丽亚已经有很长时间没有这样求过尤哈，没有这样客气地对待他了。

他站起身来，准备走出去，这时，突然有人从窗外走过。

"他来了！"玛丽亚喊道。

"谁呀？"

"瞧，就是刚才那个人。"

这时，一个蓄着黑色胡子，长挑身材的年轻人走了进来。他个子很高，因此非得弯着腰才能穿过那扇矮小的房门。当他挺直腰板儿时，脑袋就碰到了房梁。他的胳膊上挎着一串布袋儿。

"喂，你是当家的吧！"他对着尤哈说，"你好！你大概不知道我要来吧！你瞧，你把椽子垒得太低了。你好！"他把手伸给尤哈。"你好！"他很高兴地、轻捷地把手伸给玛丽亚，说话的声音优美动听，从卷曲的胡子里露出一口洁白的牙齿，棕色的眼睛里闪烁着轻佻油滑的神情。

"先生，你是从什么地方来的？"尤哈问道。

"如果要我告诉你我是从哪里来的，东家，我可得转一大圈呢！我到过开米、松谷、阿加盖利、阿乌奴斯、图尔库、多尔尼沃！有黑麦卖吗？"

"噢，我大概还能卖一点儿。你需要多少？"

"把这几个麻袋装满，这次就够了。"他把空麻袋扔到尤哈面前，同时转过身来盯着玛丽亚。

"有几个麻袋？"

"看——看吧！"

"是不是马上就要装袋？"

"马上就装！"他仍然盯着玛丽亚，"能不能找匹马把麻袋运到湖边？"

"这样短的距离难道不能用人来扛吗？"

"行，你就装袋吧！我去叫我的人来。"

"让他们待在船上，我来帮你扛吧！"

"好吧！"

尤哈拿着麻袋去装麦子。客人是在跟尤哈说话，但眼睛却盯着玛丽亚，面带微笑，眼珠子闪着光芒。玛丽亚不知道这样的微笑、这样的眼神是什么意思。不过，既然这位可爱的客人对她微笑，她也对他嫣然一笑。

"你是谁？女仆？"

"我像女仆吗？"

"刚才挤牛奶时你穿着破破烂烂的工作服就像个女奴——也许你是他的闺女或者儿媳妇？"

"也许是这里的女主人！难道我不配做女主人吗？"

"他的妻子？"

"是的，是的。"

"那个人——他是你的丈夫？"

"是的。"

"你的丈夫？"

"我的丈夫，我的丈夫！你干吗这样问我？"

客人挥了挥手。

"嘿！他对你来说太老了。你太漂亮了，太可爱了，不该嫁给这个驼子。"

"驼子？当你看见他扛的是什么样的麻袋时，看你会怎么说？"

"罗圈腿，尖下巴！——让我仔细看一下，我觉得我好像以前见过你。你一定是那个——头部，气质 ——不过，当时你的头发是散开的。"

"是我吗？什么时候？"

"两三年前的夏天，你站在急流旁的河湾里梳头——赤身裸体——我正划着船往下冲。"

"那是你？"

"要是我能把船停住，我会把你带走。"

"你会把我带走？"

"是的。我会上岸，一只手托住你的腋窝，另一只手托住你的腿，把你抱起来——这样就能很容易把一个女孩子抱起来，只要她不得不双手搂住我的脖子——然后我就一下把她扔到船底！"

"你就会这样一扔？——不管你是谁，你是个吹牛大家。"

"少奶奶，你知道我是谁吗？"

"脸上并没有刻着你的名字。"

"你没有听人谈到过乌图亚村的谢美嘎部落吗？"

他挺直了身子，抱着手臂——他并没有挡住玛丽亚的去路，而是眼睛死盯着她，看得她只能站着不动，一只手搁在炉灶上。

"乌图亚村的谢美嘎部落？"玛丽亚疑惑地问道。

"你听人说起过吗？"

"那个卡累利亚著名的部落？"玛丽亚随口说出。

"就是那个部落！"

"你是希拉芭的儿子？"

"是的，我是她的儿子！"

他们听见尤哈在外面叫喊。

"这个老家伙在外面喊什么！？"

"他叫你去把麻袋撑开。"

谢美嘎转过身，挥了挥手就走了出去。

他就是那里的人？啊，他是谢美嘎人！他的家可是卡累利亚最大的商人、伐木工、猎熊人、捕杀驯鹿和麋鹿的猎手。他们是家财万贯，名扬四海。玛丽亚幼小的时候在尤哈家就听到有人谈起过谢美嘎人，说他们放火烧房子、绑架妇女，因此大家都怕他们，恨他们，诅咒他们——而他却要把她带走，但是船停不住，是这样吗？——玛丽亚留在厅堂里，不知道怎么办才好。她冲到门边，但又走了回来。她向窗外张望，看见谢美嘎试着把麻袋背起来，但是摇晃一下就倒在仓库前的台阶上。尽管个子很高，但他就是背不动。而尤哈却把他的麻袋背了过去，同时又背起自己的麻袋，一个肩膀背一个。玛丽亚情不自禁地嘲笑起来。难道尤哈需要让谢美嘎在她面前相形见绌吗？"尖下巴！——罗圈腿！"不过，要不是罗圈腿，你这个脚趾内向的家伙，现在这个时刻你会是在急流中漂浮哪。相反地，他还在替你背麻袋！你这个无耻的家伙，你还好意思一边吹口哨，一边用木棒敲打麻袋呢！别认为我在看着你！别不停地回头看！——玛丽亚从窗户走开。我还要给这家伙烧萨乌那呢！

然而，等这两个人从窗户边上一走过，玛丽亚就冲了出去，刚好看见这个年轻人轻盈地跳过了围栏。女仆也站在小道上观看，肩上背着一捆桦树枝条。

"你瞧这个狂人，他跨过围栏就像驯鹿那样轻巧。这个人是谁？"

"他说他是乌图亚村的谢美嘎。"

"我也算见了他一次——尽管只看到他的背影。"

"快跑过去，你也许能看见他的脸呢！"

"他是不是一去不复返了？"

"我不知道。他至少还没有说再见。要不是我的丈夫，这个漂亮的小伙子就会在急流中丧生，他的货物就会落在别人手中。"

过了一会儿，她们听见这两个人回来了，他们大声地说话，情绪极好。谢美嘎背着一个箱子，走进了厅堂。

"难道他不走了吗？"玛丽亚问道。

"其余的人走了，而他却留下了。"

"他干吗要留下呢？他也可以走。"

"别唠叨！他是个好人。他说他必须留下，等到明天别的商贩来了再走。他们要在这儿集合，有一部分人将在急流下方分道扬镳。他们大概想把我们的家当作他们固定投宿的地方，而我对他们说：'好，就这样吧！'你听着，必须让他洗萨乌那澡，给他吃的东西，安排他在储藏屋里过夜，就像对待牧师一样好好招待他。"

"为什么要这样对待这个白痴呢？"

"他会出好价钱，不像其他的俄国佬，他连一分钱都不会讨价还价。他很有趣，很有意思。他还请我喝酒，帮我浇愁。"

"好喝不好喝？"

"好喝不好喝？好喝——是一种外国来的酒——喝下去后，血管就好像春天白桦树里的树液那样沸腾。"

"你想像白桦树那样长出叶子吗？"

尤哈高兴得笑了起来，玛丽亚也跟着笑了起来。

"如果你不需要别的什么东西，那么萨乌那已经烧好了。"

"玛丽亚，你一定要来，亲自给我们往石头上泼水。"

"卡依莎可以这样干，她干得跟我一样棒。"

"不，不行——你是女主人，你必须亲自给我们往石头上泼水。你听着，你别走——让我们不要再生气了，好吗？"

他还敢伸手碰了碰玛丽亚的身子。这次，玛丽亚也没有突然翻脸，她装作没有注意到，只是稍微摇晃了一下。然而，对尤哈来说，他感到有点儿飘飘欲仙了。

"先生，洗萨乌那澡了！"他朝着厅堂喊了一声，此时谢美嘎正从厅堂里走出来。

玛丽亚刚从小屋出来朝着湖边走去，差不多是跑着过去的。

"你有一个漂亮的女主人，"谢美嘎边看着她的背影，边对着尤哈说，"她的脚跑动起来就像拉雪橇的小马驹那样轻快。"

"她跑起来的确很利索！"

"她其他方面你都满意吗？"

"满意，我对她一切都满意。你的妻子呢？"

"我还没有妻子呢。"

"怎么，还没有老婆？你该找个老婆了！——你的酒真棒！"尤哈一边说，一边两个指头啪地一弹。

"你还想喝吗？"

"现在不喝，现在不喝——也许洗完萨乌那澡后再喝。我只有一点儿自制的酸酒招待你。你可以让我的妻子也尝尝你的酒。"

他低声地说，同时用臂肘轻轻推了他一下，"如果你的箱子里还有别的好吃的东西，拿出来让我们大家都看看。年轻人就是贪吃。"

"好吃的东西有的是，还有好看的东西！"

尤哈又蹦又跳，不知道怎么表达他的高兴劲儿——这位客人真是来得及时。要是他不来，还得有一周时间她会怒容满面，一周后他们能否和解，这还很难说。然而，这位讨人喜欢的客人一到，她的情绪就来了个大转弯。

"把你的衣服都扔在院子里，我也把我的衣服扔在院子里。"

"我的箱子放在厅堂里安全吗？"

"安全，非常安全！即使箱子里装的是卡累利亚所有的财宝，放在这儿也很安全。"

"没有什么了不起的东西，只是一些小装饰品，一些小玩意儿——"

"这儿没有小偷，在叫声可以听到的地方，不会被抢的。尤哈家不会来强盗。即便来的话，我们也会把他们赶出去！他们要拿东西之前，必须得到我们的许可。尤哈就是这样的人。好，让我们走吧！"

当他们走向萨乌那屋时，谢美嘎轻轻地拍了一下尤哈的肩膀。

"是的，尤哈就是这样的人！他是个好人！世界上最好的老头儿！"

尤哈一边张口大笑，一边领着谢美嘎走向萨乌那屋。

当这两个男人走来时，玛丽亚正在门廊里，她把脸转了过去，背对着他们。

"喂，女主人！"谢美嘎一丝不挂地走过她时，大声喊道。

但是玛丽亚并没有转过头来。当她听到他们已经坐在萨乌那屋里的木榻上时，她才偷偷地走了进来，给他们把浴条沾湿。

"你真是个帅哥，"尤哈说，"背脊像摇摆的松树那样挺拔，小腿像麋鹿那样优美，大腿像拉雪橇的小马驹那样健壮——用这样的腿来跨越围栏还会有问题吗？而我的腿却有点儿罗圈，因为我很小的时候，他们就让我站在儿童椅里。不过，我靠这两条腿到处走动还能对付。"

"给你们！"玛丽亚一边说，一边把桦树枝条递给他们。

"拿到这儿来，别害羞。谢美嘎，你也看看玛丽亚的胳膊——这双胳膊可没有扶犁耕田过——哎呀，浴条掉了！"

"喏，这不是吗？接住！"

玛丽亚从地板上捡起浴条，一条递给尤哈，另一条扔向坐在尤哈另一边的谢美嘎怀里。

"哎哟！"谢美嘎叫了起来。

"哎呀！碰痛了吗？"

"是的。"

"哪里碰痛了？"尤哈吃吃地笑了起来。

"没关系——"

热腾腾的蒸汽，快活的情绪以及刚喝下去的烈酒把尤哈的脑袋弄得嗡嗡作响，他随之张口大笑，使得谢美嘎也跟着笑了起来。然而，玛丽亚却装作生气的样子。

"你们这两个废物！"

"现在往石头上泼水！"谢美嘎喊道，"现在往石头上泼水，美丽的姑娘！"

"还要添水吗？"

"够了！"

玛丽亚听到拒绝的声音后又泼了几勺水，然后退到门廊，在那里她仍然可以听见这两个男人在浴条拍打的间隙所说的一切。

"让我来帮你搓洗，"尤哈说，"你全部躺下！她有一双可爱的手，所以她的确能把萨乌那烧得很热。只要她想这样做，她真的有本事把烟雾从炉灶中清除出去。她真好，她真了不起——我根本不会想到像我这样的老头儿，还有点儿瘸，能够找到像她这样年轻而又漂亮的妻子。"

"你可并没有什么残疾呀！"

"我的确有点儿瘸腿，因为一只熊咬了我的腿。这儿还有熊的牙齿留下的伤疤，一条腿的腱断了。但并不影响走路，除非天气恶劣的时候，否则就看不出来。"

"别人的确看不出来。"

"如果不是这样，也许我得不到她。"尤哈故意压低嗓门，以为他是在悄悄地说话，"转过身来！——如果不是这样，也许我得不到她。然而，是我亲手把她从小养大的。完全是从摇篮开始，我就像一个最佳的女仆那样耐心地摇她睡觉——她的母亲是在饥荒年代来到我们这儿的老熊山村的，在我们这儿生下这个孩子后就去世了——因此，我就把她抚养成人，甚至教她读书，送她上圣经班学习。然后，虽然我的母亲，整个家族都反对，另外她很贫穷，又是个俄国女子，但我还是娶她为妻，当然也没有别的求婚者。"

"俄国人？"桦树枝条停止了抽打。

"跟你们有血缘关系。她的母亲说她是从那儿来的，但是没有更确切的资料；她大概是从残暴的主人手里逃跑出来的女奴。听说那儿的主人对待女奴可以随心所欲。是不是这样，我不知道。"

"脚底心再拍几下！"

"血缘关系我并不在乎。"玛丽亚听见她的丈夫这样往下说。他多喝了点儿，这时他对客人总是说这一套，同样的内容，这个蠢驴。"我觉得她并不因此比这儿的姑娘差。母亲迫我娶有钱人家的闺女，我或许也会娶她们，女人总是愿意嫁给有现成住房的人家。"

"闭嘴！"玛丽亚气冲冲地对着自己说。

"这就是为什么我母亲不喜欢她的原因，因为我把她带到家里来了。有时候我母亲发脾气，她就不得不提前坐船回家了。不过，母亲还是很好地教育她，告诉她怎样干活儿。现在她还为此对我发牢骚：'要是我知道我是在把一个乞丐的孩子培养成我的儿媳妇，那么我是决不会教她如何穿针的。'哦，我刚才说什么来着？翻过来俯卧，我要拍打你的背部。"

"够了，"谢美嘎说，"你刚才说，虽然有富贵人家的闺女，但是你不喜欢。"

"是的。"玛丽亚听见谢美嘎从木榻上走了下来，坐在下面的木头台阶上。尤哈继续从上面朝着下面说话，同时他正在用浴条拍打自己的身体。"是的，这样的女人有的是，但是她们无法使我动心，我连看都不看她们。而这个女人，她好像进入了我的血液，我简直被玛丽亚吸引住了。"

"就好像啄木鸟被一棵树吸引住那样，对吗？"她听见谢美嘎吃吃地笑。

"噢，只要她愿意，她会活泼可爱，温柔甜蜜，就像这种夏天生长的桦树枝条。"

谢美嘎奸笑了一下。玛丽亚真想把一捆木柴扔进去。

"不过，她也会发脾气——她是不是在门廊里？你去看看！"

当谢美嘎打开门的时候，玛丽亚已经及时躲到了门背后。

"她好像不在那里。"

"那你就泼水吧，先生。现在轮到你了。"

"我要不要用浴条来抽打你？"

"你就伸直腿躺在这儿。我刚才说什么来着？"

"你说你的妻子也会发脾气。"

"啊，是的，不过，没关系。她的性格有点儿过分敏感，有时候有点儿太忧伤，有时候她整天哈哈大笑，又是唱，又是吹口哨。她就像森林里活蹦乱跳的动物，白天不休息，晚上也睡不着觉，而有时候却不起床，即使起床，走路也像梦游似的。"

现在尤哈开始搓洗，静默了一会儿，但接着他又说了起来：

"这座萨乌那屋是我们两人一起盖的。那时我在这儿开垦了一块空地，在边上我就修了这座小屋。夏天的时候，我在这儿垦荒捕鱼。除了玛丽亚，家里没有给我别的帮手。'你把这个可怜的俄国女子带走吧。到了那里，她可以离自己的国家近一些。'他们说。一个夏天，从我的家乡，我们划着船穿过广阔的湖泽来到这里。虽然我心里已经决定把她抚育成我的妻子，但是当时我对她什么也没有说。我砍树，玛丽亚采集苔藓、填补裂缝。我们花了好几个夏天同时盖起了这座农舍。只要她想这样做，她也知道怎么使用斧头。虽然当时她已经长大成人，但是我连用手指头都没有碰过她。我们之间就像兄妹一样，一直到我们结婚后，甚至婚后一段时间以后。——我的好兄弟，在我的背上再泼一桶水！哎呀，好极了，舒服极了！"

"你们有没有孩子？"谢美嘎泼完水后问道。

尤哈好像从梦中惊醒似的，真的，他在干什么？跟他扯谈玛丽亚的事，这个人是谁呢？他到底在说些什么？

"没有孩子。"他短短地回答，然后就不再说下去了。

但是，玛丽亚可气坏了，并且感到羞辱。真是个糊涂蛋！难道他需要让我在客人面前出洋相吗？如果他想谈他自己，为什么他必须要把我也扯进去呢？

当玛丽亚听见他们在淋浴室冲洗时，她沿着萨乌那屋的墙壁冲向外面。她还没来得及走出去，就看见谢美嘎从里面走到院子里，但是他并没有注意到她。在凉爽的夜里，谢美嘎的棕色皮肤冒着热气——高高的个子，修长、匀称的身材——玛丽亚还刚看到他时，尤哈就已经推开门走了出来。他弯着腰，长长的脊骨，短短的腿，当他急匆匆奔跑时，比平时瘸得还要厉害。他们到达场院之前，尤哈就已经追上了谢美嘎。他们俩肩并肩走着，一个是麋鹿，另一个是驮马——玛丽亚一边看着他们，一边脱下衣服准备洗澡，同时，她情不自禁地尖笑了起来。她并不知道为什么笑，即使洗澡时用浴条把自己抽打得皮肤灼痛，她仍然感到好笑。

当她走出萨乌那屋来到场院时，尤哈正赤身裸体地坐在厅堂前的台阶上，衬衣放在他的怀里。他对着她嘻嘻地憨笑。

"你也洗完澡了？如果你喊我一声，我会进来给你泼水的。"

如果她确实想随心所欲，她真的会揍他的。

"把衬衣穿上，别光着身子磨蹭啦！"玛丽亚走过他时厉声地说。

"哦，让我凉快凉快。"

然而，当她走到前廊时，她转过身，比较客气地说：

"嘿，饭在这儿，给你和你的客人。"

当玛丽亚走进厅堂，谢美嘎已经坐在那儿，桌子角上放着一个银瓶和一个小银杯，他前面的地板上放着一个开着的箱子。他已经穿上一套干净的衣服：白色的内衣，衬衣跟女人的衬衣一样鲜艳，好像是丝织的，领子和肩膀上都刺有红色和鲜蓝色的绣花。

"嘿，难道女主人不想尝尝客人提供的酒吗？"他问道。

"什么酒？好喝吗？"

尤哈刚走了进来，身上穿着麻纱衬衣，光着一对长着毛的腿。

"这不是烈酒，"他说，"虽然里面有点儿酒精。不管怎么样，它有一种特殊的味道，但是，女人的嘴巴当然是能承受的。"

"哎，人的嘴巴承受不了的酒，我是不会提供的。"

谢美嘎递给了玛丽亚那只小银杯，同时他一直看着她。当她慢慢地拿起杯子喝酒时，他看着她。他再一次劝酒她又喝了一口时，他看着她。当他拿回杯子喝完玛丽亚剩下的酒时，他还是看着她。而玛丽亚却也看着他，嘴唇在杯子上，眼睛在谢美嘎身上，他们两人好像在互相了解对方的心情。

"很好喝，非常感谢。"玛丽亚说。

但是谢美嘎还是继续看着她。

"你的丈夫说的是真的。"

"他说了些什么？"玛丽亚问道。

"他有很好的理由夸奖他所拥有的。如果我有他所拥有的，那我就会让她穿金戴银。当家的，要不要给她的脖上戴上一个漂亮的饰品？"

"行，好吧！"尤哈说，他显得情绪很高，因为玛丽亚并没有反对，尽管什么样的饰品她好像都看不上似的。

谢美嘎把手伸进了箱子里。当他举起手时，一条丝巾出现在他的手指头上。他把印有黄、红色花样的丝巾在玛丽亚眼前展示开来，来回晃动。

"真好看，真好看！"尤哈赞不绝口。

"要多少钱？"玛丽亚一边铺开丝巾，一边带着颤抖的声音问道。

"价钱不成问题。"尤哈说。

"价钱可以商量。"谢美嘎说。

"你会给我买这个吗？"

玛丽亚在问尤哈，但眼睛却看着谢美嘎。

"他是真心诚意的，一定会给你的。"谢美嘎向她保证说。

"围在头上还是脖子上？"

"围在脖子上。"谢美嘎说。他站起身来，拿掉玛丽亚的头巾，把丝巾围在她的肩上，把它铺在背上，在她胸前抹平，然后叫她拉着丝巾的两头，这样丝巾就不会滑掉。他让她来回旋转，并把她推到尤哈面前。

"现在这是你的了，这本来是属于你的！"

"是的，是的——"

尤哈高兴得眉开眼笑，一瘸一拐地转圈儿，克制了一会儿，但又笑了起来。谢美嘎也跟着他哈哈大笑。谢美嘎和玛丽亚是在嘲笑他。

"现在还缺个胸针。"

"如果你有的话，快给我们，快给我们！"尤哈催促着说。

"我已经有一个胸针。"玛丽亚说。

"是不是铜的？"谢美嘎问道。

"难道你以为我有金的，对吗？"

"铜的胸针配粗布头巾，只有金的胸针才能配得上丝巾。"

"金的胸针？"玛丽亚愁闷地说。

尤哈看到金的胸针会使玛丽亚高兴，至少这件东西会中她的意的！即使要付一匹马的价钱，他也要让她得到她所喜欢的东西。

"把胸针给我们看，快给我们看！"

谢美嘎又把手伸进了箱子，从箱里拿出一个用丝绸裹着的，许多线头扎住的包袱。他那细长的手指头灵巧地把包袱打开，把线头都含在嘴里。他的手中顿时出现了一个盒子，盒子里装满了用更为精美的绸子裹着的，形状和尺寸各不相同的小玩意儿。他把这些东西并排放在桌上，然后又放回到盒子里——这些金、银饰品互相碰撞下发出了叮叮当当的响声——最后只剩下一件东西，他把包在外面的绸子打开，用大拇指和食指把一个胸针夹了起来。这个胸针是金黄色的，上面镶着闪闪发光的珍珠，两边挂着链子——玛丽亚屏气凝神地看着这一切。

"你瞧，这个大概合适吧。"

"不，不行——我不能要这样的东西。"

"拿着，你拿着吧！"

"这东西一定很贵吧！"

"价钱不成问题。"尤哈说。

"你不在乎？"

"哦，我不会在乎的！"

尤哈很快冲了出去，穿过院子奔向储藏屋。

"给我看！"玛丽亚说，伸手抓住了胸针，并且想把它别在脖子下面。

"让我来吧。"谢美嘎说。

"为什么让你来？"

"我们有这样的习俗：谁送的礼，谁就把它戴上。"

"那么是你送我的？"

"你可以等你的老头儿来把它戴上——如果你觉得他会做得比我好。"

"不要让他来干——哎，不管怎么样，我可不能接受一个完全陌生的人送的东西。"玛丽亚慌慌张张地说。

"完全陌生的人？而他却是来自你的部落呢！"

"我怎么知道我是来自哪个部落呀？"

"可是我知道——我看得出来。"

"你到底能看见什么？"

"我能看见什么就能看见什么。"谢美嘎一边说，一边后退几步，把玛丽亚从头到脚仔细打量了一番，"卡累利亚美丽的云杉，要是再用鲜花加以装饰，她就是一棵正在开花的云杉。"

谢美嘎把胸针别在玛丽亚的胸上，他把左手塞到丝巾下面，把丝巾提了起来，用另一只手让针尖穿过去，然后又穿了出来，接着咔嚓一声把胸针别住——动作很慢，但很潇洒。他抓住她的肩膀，让她转过身来，在她后面把丝巾弄平。当他看到丝巾有点儿歪时，他又把丝巾挪动了一下。玛丽亚觉得她好像背对着躺在他的怀里似的，因此她想离开，但是就是离不开——她的胸部起伏不停，眼神里流露出复杂的心情：激动，羞怯，高兴，耻辱。

"现在这样就很好，肯定滑不下来的。"

谢美嘎让她又转了一下，把她往后推几步，又把她拉了过来，模仿尤哈的动作，在她周围一瘸一拐地转圈儿。

"现在这是你的了，它应该是你的。真漂亮，是的，真漂亮！"他像尤哈刚才那样哈哈大笑。玛丽亚尖声地笑了起来，谢美嘎也跟着这样笑。

突然，谢美嘎双手像猫那样快速地抓住了玛丽亚的手腕。

"我们国家还有一个习俗！"

"什么习俗？"

玛丽亚想勇敢地正视着他，毫不畏惧地面对着他，但是她的面孔却绷得紧紧的，她的额头好像热得吱吱作响。

"什么习俗？"

谢美嘎的脸紧靠着她的脸，靠得很近，互相都看不清了。

"接受未婚夫订婚胸针的代价就是亲吻未婚夫。"

"他来了！"

玛丽亚是轻声地说的。他们听见尤哈走回来了，他走在前廊的地板上发出咯噔咯噔的声音，一步比一步响亮。

谢美嘎放开手，让玛丽亚冲向房门去接尤哈。

"现在这是她的了，它本应该归她的！现在她有了丝巾、胸针，你瞧，你的妻子漂亮不漂亮呀？"

"漂亮，漂亮。哦，当然漂亮。"

就像谢美嘎刚才模仿的那样，尤哈在玛丽亚周围一瘸一拐地转圈儿。就像刚才那样，玛丽亚和谢美嘎又咯咯地笑了起来。

然而，尤哈——有点儿想显摆一下——把一把银币哗啦啦地扔在桌子上。

"这是付丝巾和胸针的钱。我没有问价钱，该付多少你自己拿。"

谢美嘎拿了最小的一个硬币，往上一扔，打了一下响指，然后用手把它接住，马上塞进了口袋里。

"你只拿这样一个小硬币？"

"就是这个就已经太多了。"

"那你为什么要送我礼物呢？"

"我要你回赠我一个礼物。"

"要是他已经送你东西了，那怎么样呢？"玛丽亚很快说道。

"哦，什么东西？"

也许他真的是猜到了那些烧炭人的打算，想用这样迂回的方式来报答他——如果真是这样，那他是一个真正的男子汉，一个真正受人尊敬的人！尤哈现在邀请谢美嘎立即吃饭，他是难得如此热情地邀请客人来他家吃饭的，而玛丽亚则是肩膀上围着漂亮的丝巾，胸前别着闪闪发亮的胸针，嘴上露出喜悦的微笑，扭扭摆摆地在厅堂和餐厅之间穿梭，不停地从厅堂里搬来好吃的东西。

他们就是这样吃的饭。饭后他们三人一边聊，一边还品尝谢美嘎带来的美酒。谢美嘎装作没有看见玛丽亚，只是偶尔向她瞟上一眼。他背靠着墙懒洋洋地坐在长凳上，两腿直伸，一副轻松舒展的样子。一顿饱餐后，他把双手搭在胸前，但是，时不时地伸手去拿那只银制的酒杯。他就这样坐着，同时他讲述他在海上和陆上旅行的经历，谈到所有他所涉足的地方，那些奇异的国家，遥远的城市——吹嘘他所做过的买卖，常常使尤哈惊叹不已："呀，真的吗？是这样的吗？——嗬，这真了不起！"然后，谢美嘎似乎有点儿疲惫，开始打起哈欠来了。他问道，是到萨乌那屋去睡还是伸直腰就躺在厅堂的长凳上，他明天一早还要上路哪。

"储藏屋里有地方，"玛丽亚说，"尤哈，带先生去休息吧。"

尤哈在前头带路，谢美嘎跟着走，但是，到了前廊他又转身回到厅堂。

"先生，是不是忘了东西？"玛丽亚问道。

"整个儿箱子忘了。"

"呀，这可不是什么小玩意儿。"

谢美嘎拉住一面的把手，把箱子扛到肩上，玛丽亚帮着拉住另一面的把手。他的左手拉着把手，而他的右手是空着的。

"你还忘了什么东西？"

"帽子。"

玛丽亚从长凳上把帽子拿了过来。谢美嘎一下把她拉到腋窝下，把她的脑袋紧紧贴在他的胸前，搂住了她一会儿，然后就把她放了，好像什么也没有发生似的，并且什么话也没有说。玛丽亚也什么话都说不出来，她只是手里拿着谢美嘎的帽子一动不动地站在那儿。尤哈出现在门旁,她就把帽子扔给他,并且准备走出去。

"把这顶帽子带给客人。"

然而尤哈却站在门边,挡住了她的去路,而且满脸笑容。

"你要干什么?"玛丽亚几乎叫了起来,她的眼睛像一把尖刀那样冷冰冰地直刺尤哈。

"我想喝水。"尤哈结结巴巴地说。

"这不是吗?"

"是给我的?菜咸得很——"

"给你的。"

玛丽亚从桌上拿起一大杯脱脂牛奶塞给了尤哈。尤哈想开口说话,但就是说不出来,而只是把牛奶喝了下去。喝完奶后他才敢开口问道:

"你想到哪儿去睡?既然——"

"既然什么?"

"既然你把你的床给了客人。"

"我去萨乌那屋睡!"玛丽亚厉声地说。

"到我的屋里去睡会更凉快些,不是吗?我可以到马厩去睡。"

玛丽亚走了出去,她走的样子好像很生气似的。她看来是走向萨乌那屋,而尤哈则手拿牛奶杯走向他自己的小屋。

第 3 章

当谢美嘎在储藏屋里醒来时,天已经大亮了。他躺在床上,双手垫在脑后，仔细察看他晚上睡觉的地方——这是女人夏天睡觉的小屋，大概是女主人的房间。很明显，这是这家人家中比较好的房子，但是女主人藏的东西并不很多。两件冬天穿的粗毛裙子，两件夏天穿的土布裙子，唯一的一件细亚麻布衬衣，其余的都是粗亚麻布衬衣，一串灰色的长袜悬挂在房梁上。丝巾和胸针不但使女主人，而且也使老头子眼花缭乱，这是不足为奇的。我把一件贵重的礼物送人也许没有太大的必要，如果我要他们付钱，他们就是卖掉房子也愿意。不过，乌图亚的谢美嘎送给女人礼物不是第一次了，如果把我送给女人的丝巾都挂在一起，储藏屋的房梁恐怕容纳不下。不管怎么样，这条线路上也能遇到帮助我的人，真是太好了——她是个漂亮的女人，她真的出现在我的睡梦之中。

突然他听到唱歌声，就像矶鹬拍翅起飞时所发出的鸣叫声，歌声开始是在牛棚，越过场院飘荡到厅堂，又从厅堂飘回牛棚——谢美嘎以前听到过女人唱歌，但从未听到过来自如此内心深处的歌声，如此清晰自然地从喉咙里迸发出来的歌声。听起来好像唱歌的人心里充满着难以抑制的喜悦。从女人的歌声中，总能听出她们在别的情况下不会流露的心情。昨天发生的事通常是很少发生的：我本来怕她会揍我的，但是她连喊都没有喊——她立马让我把她打扮成新娘。虽然她想保持冷静，但她还是哆嗦。只要我想这样干，不费吹灰之力就能把她搞到手。不过，谢美嘎，在别人家的庭院里，你一个男人生的孩子已经够多的了，他们在到处乱跑，为什么不能在你自己家的庭院里也出现这样的情况？做父亲的根本就不知道，坐在他们脚背上嬉戏玩耍的是谁的孩子。谢美嘎，你是不是有责任给尤哈这位好人也带来这样的欢乐呢？一年之后来到这里时，你举起你自己的孩子，让他拉扯你的胡子，这将是无与伦比的乐事啊！

他轻声地笑了起来，半张着嘴巴，浑身热血沸腾。他用脚把门推开，看见玛丽亚拎着奶桶一扭一扭地走进厅堂。她的姿态确实像俄国贵族的女儿！

当谢美嘎走进时，玛丽亚正在桌子那头滤奶，她用长柄勺把牛奶倒进滤网时，她的手高高举起，落下来时就好像划了一条弧线。随着手的动作，牛奶唰唰地往下流，接着在滤网里旋转，又唰唰地往下流，又在滤网里旋转。

"早晨好，女主人！"

"哦，早晨好，先生！"

玛丽亚并没有躲开他的目光，而是长时间地盯着他看，好像向他挑战似的。她穿着节日的盛装，肩上披着谢美嘎的丝巾，胸前别着他送的胸针。

"东家还在睡吗？"谢美嘎问道。

"还在睡吗？太阳还没升起他就去捕正在产卵的鳊鱼啦。他吩咐我告诉睡懒觉的人，起床后在他回来之前不要走人——即使等到晚上也不要走。"

谢美嘎站在那儿，眼睛看着玛丽亚，嘴上露出了笑容。玛丽亚滤完奶后，拿来了一个带把的杯子，灌满了牛奶后请客人喝。谢美嘎只是嫣然一笑。她也边笑边问道，先生觉得穷人家拿出来的东西都是低级的，不配招待客人，对吗？

"你又来这一套了，小姐，你并不了解卡累利亚的习俗。在那里，客人绝不能自己动手，而是由女主人把招待客人的东西放到他的手中。当客人一到，她就像旋风似的跑到门口去迎接。"

"好吧，我可以很快把杯子递给你！"——玛丽亚从桌子上一把抓住了那只杯子，并把它递给了谢美嘎。谢美嘎把杯子放到嘴边。

"我们那里给东西的人在一旁伺候，一直等到客人彻底喝完为止。"

"难道这儿干什么都得跟你们那里一样吗？"玛丽亚笑着说。

"是的，干什么都得这样。"谢美嘎一本正经地说，从杯子上方瞪着眼瞅着玛丽亚。

"入乡随俗不是更好吗？"

"不好。"谢美嘎又一本正经地说，同时把杯子交给了玛丽亚。当她把杯子放回到桌子上时，她捧腹大笑起来。

"现在我们英雄的嘴巴跟小牛的嘴巴一样沾满了牛奶！"

谢美嘎并没有擦他的胡子，而是用舌头舔了一下，还是以同样的语气继续说："这是卡累利亚第二个精彩的习俗。还有第三个习俗，那是最精彩的。谁把客人的胡须弄脏，谁就得把它擦干净。"

玛丽亚闪电般地把系在腰上的围裙递给谢美嘎。不过，谢美嘎也以同样的速度在玛丽亚脖子后面用手托住，另一只手把她的下巴颏一抬，在她的嘴唇上深深地吻了一下。玛丽亚感到贴在她身上的那个强壮有力，使她瘫软的胸部，同时又看见一对欲火中烧的黑色眼睛。而谢美嘎，他感到的是一个软绵绵的胸部，看见的是一对有气无力地闭着的眼睛。

"你不能这样。"玛丽亚懦弱地说。当谢美嘎松手时，她险些瘫倒了。她逃离时，她的脚就像梦游人在梦中逃跑时那样沉重得迈都迈不动。

谢美嘎慢悠悠地走了出去，并且坐在厅堂前的台阶上。玛丽亚从旁边走过。

"先生，下次不能再这样干。"

"那为什么不能这样干？"

"万一有人看见了，那怎么办呢？"

"由于这个原因？"

"也由于别的原因。你必须答应不再这样干，否则我就不敢给你送饭来了。"

她一求再求，好像她靠自身的力量不能胜任似的，她几乎是用祈求的目光和表情看着谢美嘎。

"好吧，我答应。那么，我可不可以用眼睛看你呢？"

"可以。"

"好极了，这样就用不着闭着眼睛看东西了。"

玛丽亚有点儿不知所措，但她还是嫣然一笑——他是不是在取笑她？

吃完饭后，谢美嘎在院子里闲荡，躺在暖洋洋的阳光下，双手垫在脑袋下面。玛丽亚透过厅堂的窗户窥视，又苍白又僵硬的面孔紧紧贴在玻璃上，胸部起伏不停，眼睛爱恋地盯着弧形般的胸部和青筋暴突的双腿，这时谢美嘎一条腿正好搁在另一条腿上面。

谢美嘎的头上，燕子在空中滑行，一阵阵暖风吹拂着他的胸部和脖子。

　　她不来跟我说话了，她是在故意躲开我。我是不是对她太鲁莽啦？我是不是应该更谨慎一些？到底什么样的歌能把这只小鸟哄骗到我的手中？我是不是应该自吹自擂？像我这样身材修长的小伙子，四海闻名的商贩，林中豪侠，我是多么想拥有你啊！或者我应该夸赞她，在她耳边低声地说：你真漂亮啊，我从未见到过像你这样俊俏的女人。你瞧，我看到你，我就无法控制自己，我就想搂你，吻你。有的女人听到悲伤的歌心就软了，有的女人听到欢乐的歌就手舞足蹈。不过，不管你唱什么，你必须一股劲儿唱下去，她们就会像个孩子那样来不及醒过来。当你念咒镇服一个人时，你不能松劲儿，否则魔力就会被破除。当你念完一行咒语时，你就必须接着念第二行。

　　玛丽亚出现在她的小屋的门槛旁，她坐下来开始做针线活儿。她没有把头转过来，也没有抬眼观看。谢美嘎朝着她看，他知道他该唱什么歌来诱骗这只小鸟。

　　他站起身来，走了过去，又开腿坐在门槛上，一条腿在小屋里，一条腿在小屋外——他突然出其不意地说道：

　　"把你的烦恼告诉我，年轻的女主人！"

　　玛丽亚的声音有点儿颤抖。

　　"我的烦恼？什么烦恼？"

　　"你所有的烦恼。"

　　"我有什么烦恼，我没有什么烦恼，或者我有没有烦恼，你怎么知道呢？"

　　谢美嘎停唱了一会儿，接着又弹起了乐器，他知道琴声已经打动了她的心窝。

"你在这荒原上生活得并不愉快。"玛丽亚没有回答,她继续做针线活。"你的丈夫又老又土,你的女仆寡言少语,毫无用处。这儿冬天没有客人,夏天如果有人来,也是来一会儿就走。"

"如果没有看见过更好的,也就不会期盼什么。"

"跟我一起到卡累利亚去享受生活吧!"

玛丽亚惊讶地抬起眼睛往上看,但同时又往下看。

"我到了那里干什么呢?"

接着而来的是这样一个激奋人心而又咄咄逼人的问题:

"那么这儿,像你这样的人,在如此贫困的土地上干什么呢?"

"这块土地有什么不好呢?别的地方会比这儿更好吗?"

"这儿他们对待女人很糟糕。我们那儿不这样。我们不让女人弯腰干活儿,我们不会让她们在打谷棚里被烟熏得窒息,我们不会让她们刀耕火种把脸搞得黑乎乎的或者在磨坊里干得折断了腰。这儿的年轻女子就像我们那里的奴隶,弯着脑袋,醉眼惺忪,乳房下垂,肚子肥大,就像夏天身上长满毛刺的狗——你现在还不像她们这样,这真是个奇迹,但是不久你就会像她们这样。你脸上的红晕很快就会褪尽,你眼睛里的光彩很快就会消失。"

"如果都消失了,那又怎么样?这样会损害谁呢?"

"你当然知道喽!"

"你们那儿是不是比这儿好?"

"我们那儿?男人为家里人提供一切,他们出门挣钱,从外国带回来粮食——他们把女人看作是他们的宝贝,而不是他们的奴隶。"

"那么女人干什么？"

"哦，她们织布，做针线活儿，绣花，教导她们的奴隶。夏天，她们什么时候高兴，她们就可以什么时候去捕鱼，采摘浆果，烹饪美食。因此，只要年龄允许，她们就能保持年轻，脸色红润，体态丰满，性情柔和。跳舞时她们的步子轻盈优美，晚上她们坐在火炉旁唱歌时她们的声音清脆悦耳。她们永远是活泼可爱——而这儿，人人都是土里土气，寡言少语。你瞧，卡累利亚男人就是这样呵护自己的爱人的！"

"看来女人在那儿生活得很愉快。"玛丽亚一边说，一边把手上的针线活儿翻了个身。

"她们戴的是金玉玛瑙，穿的是绫罗绸缎。冬天，我们男人不在她们床上睡觉，春天，我们满怀爱情回到她们身边。我们跟她一起尽情地欢度夏天，把她们抱在我们膝盖上，卿卿我我。"

谢美嘎几乎是对着她的耳朵在说话，他的歌声越来越激情洋溢，就像一只正在发情的公松鸡。他不停地向玛丽亚靠拢，而玛丽亚却随之挪开，嘴上露出了笑容，眼睛盯着手上的针线活儿，手指头急促地穿针引线。

"到卡累利亚去一次吧，女主人，它可是你的家乡啊！那儿我们都是邻居，火光从一个山头亮到另一个山头。我们一天在急流中冲浪，另一天在静静的湖面上荡漾，有时在沼地里转悠，第三天我们又要在急流中穿行——急流下方的静水潭，我捕鱼时住的小木屋依稀可见，再过去一段距离就是我的故乡，我们的村子坐落在原始荒原之中，那里有我那富有的老庄宅。我要用手抱着你走进我家，我的心爱的同乡！你将从一个舞会走向另一个舞会，从一个节日走向另一个节日，从一个狂欢走向另一个狂欢。我有个年迈的母亲，她的心肠很好，她会像对待亲人一样对待你，让你穿上绫罗绸缎。到卡累利亚来吧，女主人！"

这都是真话还是嘲弄？不过，他所说的不可能是嘲弄。

"来吧，来吧！马上就走！跟我一起走吧！"

"跟你一起走？"

"你在这儿干什么，美丽的女主人？你会像其他的人那样越来越老朽。你在这儿再生活下去，你的嘴唇就再也不会露出笑容，你的眼睛就会模糊，你的头发就会枯萎，你的脸颊就会像冰冻的浆果那样起皱纹。你的脖子将会歪斜，你的身子将会扭曲，由于过度劳累，你那双漂亮的大腿将会弯曲，你那双漂亮的大腿——"

"不要这样说话！"

但是谢美嘎还是继续往下说："在这儿你是为了谁？为了那个——满脸皱纹，醉眼惺忪，死绷着脸，胡子稀稀拉拉，长长的脊背，向外弯曲的双腿——"

"别再说了！"玛丽亚险些好像呼救似的尖叫起来。

"谁整夜呼噜呼噜直响，谁不停地咳嗽喘气——"

"啊，别说了！"

"他还好意思做像你这样的人的老公！你怎么能睡在这样的人的床上？"

"我没有睡在他的床上！"玛丽亚好像着了魔似的突然喊了起来，眼睛里闪烁着仇恨而绝望的目光。她跳了起来，但同时又感到羞辱，随之坐在下一个台阶上。

"你没有？你真的没有吗？"

"我睡在什么地方，即使我睡在猪圈里，这跟别人有什么关系？"

她要是不站起来走开，她也许会哇的一声哭了起来。他为什么要问我这些问题？他为什么要跟我说这些东西？他为什么要贬低一切？尤哈成现在这个样子，他有什么办法呢？我嫁给谁，跟别人有什么关系呢？——尤哈怎么打鱼完了还没有回家？——我为什么要听他讲话呢？我为什么要戴他给的首饰呢？

她正打算把他给的东西扯下来扔掉，这时她看见尤哈在湖面上划船回来了。她朝着那个方向奔向湖边，而且越跑越快。

不过他说的是真的——事实就是如此。可怜的尤哈就是这个样子：长长的脊椎骨，醉眼惺忪，罗圈腿，穿着湿淋淋的粗毛外套活像一只身上长满毛刺的灰狗。但是，尤哈越是难看，玛丽亚越是觉得她应该充分肯定他值得称赞的地方，越是应该表示出为他捕到的鱼而感到高兴。渔网里装满了正在产卵的鳊鱼——又大又肥的尖角鱼。她一把抓住渔网，把它拖向晒渔网的木杆。

"别这样干，别这样干！"尤哈提醒她说，"别把你的丝巾弄脏啦！可以让卡侬莎来干。"

但是玛丽亚却把丝巾摘了下来，随手放在一边，把尤哈刚脱下来的外套围在她的身上，她想把自己打扮成一只身上长满毛刺的灰狗，她想向谢美嘎表示她是跟尤哈一样的。谢美嘎此时正在院子里边溜达边吹口哨——你别以为我会跟你走！

"这次真的打了一大网鱼，尤哈，差不多跟我们过去打的一样。"玛丽亚一边拽着渔网，一边高兴地说，"来，帮我一下，否则渔网会撕裂的。"

"不会撕裂的，不会撕裂的——那好吧。"尤哈笑了笑。当玛丽亚把渔网一头搭在木杆上时，尤哈帮着把渔网拽了起来。

"你在什么地方撒的网？"

"靠近海依纳湾的水草地。"

"你记得吗？我们以前在那里也撒过网。"

"我当然记得，我记得很清楚。"

"那年我腌了几桶鱼，第一个夏天？"

"你大概腌了——大概腌了——你第一次腌鱼——大概是多少桶——"

她记得那时的岁月，她想回忆那时的岁月——她这样问似乎是想让他知道她在想什么！

谢美嘎靠着储藏屋的围栏站着，看着玛丽亚的一举一动，对着自己微笑，轻轻地吹着口哨——你可骗不了我。

"呼得角那边有火光！"卡依莎一边从院子里跑出来，一边喊道。

"湖的对岸有人在发信号叫船——大概是母亲来了。"

"婆婆？这是她点的火。她点的火总是跟仲夏节的篝火一样大。"

尤哈的高兴劲儿一下就消失了，玛丽亚的脸绷了起来，很痛苦地撇了撇嘴巴。

"让她等一会儿，我们现在没有时间。"尤哈似乎漫不经心地说。

"还是马上把她接过来吧！不管怎么样，总要把她接过来——否则她会怪我的。"

"让她待在那儿。"

但是过了片刻他还是出发了。他先在岸边点了一把火，表明信号已经接收到了。

玛丽亚在渔网边拼命地干活，好像对它很生气似的，使劲把鱼从网里扯出来，甚至把网线都扯断了。

"难道对儿媳妇来说婆婆是不速之客？"谢美嘎说，他仍然靠在围栏旁。

"如果我按婆婆的主意办事，我就应该彻底离开他们的家。她一上岸就会喋喋不休地唠叨，她会大声地责骂我，非得嗓子哑了才停止，就是到了那个时候，她仍然会继续咕噜咕噜地发牢骚。"

"她为什么要骂你？"

"她骂我夺走了他们大家庭里最好的人——对我来说，他太好了。"

"对你来说太好了？谁？"

"尤哈。"

谢美嘎站在储藏屋后面，短短地冷笑一下，而玛丽亚则让他笑。

玛丽亚把鱼都扯了下来，把渔网铺开来晒。她派女仆到急流边去取腌鱼用的木桶，而自己则坐在渔具棚旁的石头上洗鱼。她刮鱼鳞，把鱼肚剖开，用水冲洗，然后扔到篮子里。她洗完一条就马上抓起另一条，撕啊，剥啊，好像着了魔似的——我还待在这儿干什么？让他们母子俩自己照顾自己的家！如果尤哈是个男子汉，他应该把那个折磨人的人打发走。他知道她白天不让我安宁，晚上不让我休息。但是，尽管我央求过他，他就是不这样做。

每年夏天他让她来这儿。她简直是个吃人的魔鬼，他压根儿不敢跟她顶嘴。"迁就她吧，再迁就她一会儿。"当她污蔑我的母亲时，难道我也得迁就她吗？——有朝一日我会直截了当地对她说——

谢美嘎在厅堂前走来走去。他好像在收拾他的箱子——难道他准备走啦？他会走过来告别吗？这个吹牛大王，嘲弄人的人。他完全可以不说这些话而走人。

玛丽亚继续洗鱼，连头也不抬一下，丝巾蒙住了她的眼睛，然而她听见他一步一步走了过来。现在他就在她的身后，绕着走到前面，在她对面的石头上坐了下来。玛丽亚可以看见他的脚，一直到膝盖，膝盖中间夹着两只手，一双又纤细又滑润的手。而她又看见自己那双皲裂的手，使劲在刮鱼鳞。

"我们现在是不是该走了？"谢美嘎问道。

"去哪里？"

"去卡累利亚，我们谈过要去那里的。"

"你为什么要跟我谈这个？"

"因为你是属于我的。"

"为什么我是属于你的，而不是属于别人的？"

"因为我想拥有你。"他弯下身子，差不多要贴在玛丽亚的身上。

"因为你想拥有我？"玛丽亚说，脸还是在丝巾后面。

"因为你自己也想这样做。别刮鱼鳞啦！"他抓住了玛丽亚的手，使劲一挤，结果她手中的刀就掉在切板上。

"别这样，谢美嘎——快放手——"

"你走不走？"

玛丽亚想要脱身，但是不行，他直到她停止挣扎才松手。玛丽亚站起身来，但是好像头晕似的又瘫倒在地。

"我是属于另一个人的。"她低声地说，眼睛里流露出无可奈何、恐惧的目光，好像在祈求上帝保佑。

"另一个人是谁？"

"噢，当然是尤哈。"

"对他来说，你只不过是一只他所捕捉到并关进笼子里的小鸟。当有人把笼门一打开，你就自由了，你愿意飞到哪里就飞到哪里。你跟荒山上误入别人围栏的麋鹿一样不再是属于他的，他不再是你的主人。"

"那我真正的主人是谁？"

"我！"

"为什么你比尤哈更配当我的主人？"

"因为在你心中燃烧的是我，不是他，因为你跟我是同乡，因为我没有请求许可，而是自取的。如果你不是甘心情愿跟我走，那么我要强行把你带走。"

谢美嘎就在她的背后，他正对着她的耳朵说话，他的双手紧紧搂住了她。玛丽亚背对着他，闭起了双眼。

"因为你想拥有我，你一直在等待着我。白天你注视着我，晚上你思念着我，你侧耳倾听一直到深夜。"

"你怎么知道的？"

玛丽亚把头猛地一扭，双手紧紧抓住了他的一只手。

"当你痛苦地躺在他的身边，你的心灵受到了折磨：'哎呀，要是有人能把我从此抢走，那就——'"

"你怎么知道的？"

"来吧！赶紧奔向急流！"

"我不能走！"

"来，离开这儿，绕个弯儿！没人会知道的。"

"我不敢。"

"那时候我都看见了——你的身体——你的乳房——你的大腿——"

玛丽亚蹲了下去，双手掩盖着身子，好像她是赤身裸体似的。谢美嘎把她的双手互相分开。玛丽亚竭尽全力控制住自己，不至于在渔具棚高高的门槛上仰天倒下。她使劲把谢美嘎推开，结果他的脚被鱼筐钩住了，他的身子一晃悠，跟鱼筐一起掉进了水里。

当他挣扎着从水里浮起来时，玛丽亚已经不见了。一条船从最近的岛屿后面划了过来，尤哈划着双桨坐在船头，而船尾坐着一个女人。

玛丽亚已经逃进了院子，藏身在她的小屋里。她看见谢美嘎走了过来，从厅堂前的台阶上，他抓住他的箱子，把它背在背上，然后跨着大步，很生气地朝着急流走去。他好像受了伤，因为脸上有个伤口在流血。

然而，谢美嘎刚消失不久，玛丽亚的心里就开始翻腾：你为什么要这样对待他？你为什么要使他生气？你为什么要把想要救你的人推开呢？他来了，这一次他来了，这是你一生中盼望的人，世界上最帅的男子——他给了你丝巾、胸针——想强行把你带走，尽管你是一个穿着这样破旧衣服的人，一件被人用过的东西，别人的残羹剩饭！你猛地把他推开，结果他的额头受伤流血——他怒气冲冲地走了，大概已经跳上船，正在急流中穿行，连回头看都不看。他是一去不复返了——

她脱下打鱼时穿的破衣服，把它们扔在她站着的地方，从房梁上急切地取下她的节日盛装，并且冲了出去。

"婆婆！"

在院子里，站在她前面的是一个个子很高，骨瘦嶙峋的老妇。

她一句话也不说，连招呼都不打。眼睛冒着愤怒的火苗，好像她随时准备出击似的。脸上的皱纹有时绷紧，有时松弛。婆婆和儿媳妇面对面站了一会儿，然后婆婆厉声地说：

"为什么湖边到处都是鱼筐里倒出来的鱼？为什么有的鱼还没有洗？"玛丽亚没有回答。"扔在这里让猪来腌——看来有些猪已经这样做了，而你却回小屋去睡觉啦！"

玛丽亚还是不回答，而是转过身走进了厅堂，婆婆跟随其后——

"没有话可说？连招呼也不打？"玛丽亚仍然不说话。"她坐下我就走！"

"她知道我要来了，可是桌子上连一块干面包都没有放好，更不用说烤鱼了。"

"婆婆不是一来就开始吵架，对吗？"

"要说的就得说——越快越好——以前说过的我还要说。只要嘴里舌头还能动，喉咙里还能出声音，我就是要说。"

现在玛丽亚再也无法控制自己了。

"如果是这样，那么最好是你留下，我走人。"

"走吧，可爱的姑娘，你到这儿来干什么？！"

"一个卡累利亚男子引诱我跟他一起走——甚至想强行把我带走。"

"你在撒谎！既然他们把你的母亲都从卡累利亚赶了出来，他们怎么会要你呢？"

"不许污辱我的母亲！"

"我要污辱！我不仅要羞辱做母亲的，还要羞辱她的女儿——我要永生永世污辱你们——即使你在坟墓里，我也要污辱你，因为你把我最好的儿子夺走了——你应该走人，你应该让人把你带走。如果你走了，我将会多么高兴啊！据说有人要把像你这样的人带走，而据说你又没有跟他走，这个人是谁？"

"乌图亚的谢美嘎！"玛丽亚对着她的婆婆得意洋洋地大声喊道，摇摆一下，转过身就走了。

在门廊里，玛丽亚碰上了尤哈，跟他撞了个满怀，差点儿把对方撞倒。

"你这样匆匆忙忙奔往哪里？"

"离开你的母亲！"玛丽亚边走边喊道。

"玛丽亚！"尤哈在后面喊，但是玛丽亚转到房后就不见了，眼睛里流露出冷冰冰的，像一把尖刀一样锋利的目光，这把尖刀就好像从尤哈胸前刺了进去，一直刺透了他的脊髓骨。

尤哈踏着沉重的步伐走进厅堂，由于划船划累了，他一下就坐在长凳上，擦拭额头上的汗水。

"母亲，你就是不履行诺言，"他沮丧地说，"你一走进院子，就开始吵架，我在湖边就听见了。这样的日子怎么过啊？！跟以前没有一点儿差别。"

他的母亲只是冷笑一下。然而，尤哈却再也控制不住，他一下跳了起来，帽子往桌上一摔，大声喊叫，同时又好像在哭泣。

"不过，我要对你说，你最好相信我说的——如果这次不和好，如果这次你还要把玛丽亚赶到森林里去——那么我就把你放到船上，划船送你回去。即使——即使你把整个呼得角都烧了，我也不会回来接你的。"

母亲知道这只是一种威胁而已，她以前已经听到过好多次了。

"如果你想把人放到船上去，那你应该把玛丽亚放到船上去，让她顺着拉雅急流滑下去。你这样做才是你早就应该做的。把这条母狗送回她的狗窝，不许他们再来这儿。我当然知道喽！这儿果然将成为俄国人的客栈，我早就预料到了。这样的情况没有在早些时候发生，这真是个奇迹哪！不过，我来得非常及时。对她来说，谢美嘎的儿子来到这儿，这也正是时候。"

"谢美嘎的儿子？"

"谢美嘎，谢美嘎的儿子！"尤哈的母亲喊道，"就是杀死你父亲的这个人！就是把你弟弟活活烧死的这个人！你在这儿给他儿子住宿，而他就是把你父亲用矛戳在墙上又把一个睡在摇篮里的孩子扔进火炉里的这个人。这一切都是他干的，而你的妻子却在这儿收容他的儿子过夜。这个人跟他父亲大概都是一丘之貉。"

"你怎么知道他就是谢美嘎的儿子？"

"她走的时候，就是用这个名字大声地嘲笑我。"

"谁在那儿哭哭啼啼？"尤哈听到声音后突然问道。

跑步声越来越近，哭泣声越来越响。

"是不是玛丽亚在那儿哭？"

尤哈冲了出去。哭泣的人不是玛丽亚，而是卡依莎，她一面哭，一面瘫倒在台阶前面，双手捂住胸口，一句话也说不出来。

"你怎么啦？"

"快跑，去急流救人！"

"玛丽亚掉进急流里啦？"尤哈尖声地喊道。

"从卡累利亚来的那个男人——他——他把女主人带走啦！"

"你说'带走'，这是什么意思？在哪儿？"

"现在，现在——就在现在——我看见——"

"你看见什么啦？"

"他把她带到他的船上。"

女仆没有更多的话可说，她挥了一下手，接着又哭了起来。

尤哈冲到急流旁。卡累利亚人的船曾经停靠在那儿，昨天别的船都走了，而只留下谢美嘎的船，但现在他的船也不在了。他沿着岬角跑到一个高地，从那儿能看见急流的下游，但是能看到的只是一片白茫茫的河流和黑压压的云层，一条马哈鱼正在静水潭里跳跃。尤哈这样做是白费力气！不管怎么样，他还是向前奔跑。当他跑到遍布岩石的堤岸时，他就摔倒了，但是爬了起来后，又继续往前跑，绕着静水潭跑到了湖湾的尽头。那儿有一块牧草地被人践踏过，有一片灌木丛，那里的树叶被人采摘过。那里有一条丝巾，玛丽亚的丝巾，那里有一双缚带防水鞋，玛丽亚的鞋。

尤哈只知道他必须先求援，然后再继续追，一直追到赶上他们为止。即使追到天涯海角，追到万丈深渊——急流奔泻而下的地狱般的黑洞，他也决不罢休。

当尤哈走进来时，母亲、卡依莎和两个烧炭人正站在院子里。

"你们都知道发生什么啦？！"他跑得气喘吁吁，累得几乎说不出话来，"他把她抢走了，这个坏蛋。这儿是她的丝巾。"

"里面包的是什么？"

"她的鞋，我在岸上找到的。本来应该让他淹死。"

"是你自己不让我们这样做。你应该让我们爱怎么做就怎么做。"

"是的，我本来应该这样做。"

尤哈一声不吭地坐了一会儿。

"那么即使我没有帮你们，哥儿们，但你们现在能帮我的忙吗？我们马上去追，也许还能追上他。"

"只要他划进了急流，我们就抓不到他了。拉雅急流有6公里长。我们还没有开始，他就已经到了急流的下游，那里河水流向三个方向，谁也不知道他会往哪个方向。"

"我们要跟着他，即使进入他的国家，我们也要一直跟到把他抓住为止。"

"如果要这样做的话，我们需要一大帮人。"

尤哈心里清楚，即使他们同意这样干，他依靠这批人也是无所作为的。这批人像聊家常那样谈论着这件事。

"把这样一个大人强行带上船，看来是很困难的。"

"这不成问题，"另一个人说，"他干吗不能把她背到船上，并且一蹬脚，让船驶向急流呢？那时要想从船里跳出来是不可能的。他把她带走，并且把她包养起来。他们以前也这样干过。他并不是单干，其他的人都在那里等候，他们是装作已经走了。"

女仆边哭边从厅堂出来朝着院子走去。

"究竟发生了什么？"尤哈问道。

"我不知道，哎哟，我不能——"

"他是在河湾处把她截住的？"

"那里突然出现了一条船——我没有看到船是从哪里划过来的，但是我就在那里。"

"你在哪儿？"

"我在那儿洗餐具，我看见女主人走了过来——他把她扔进船里，然后自己跳上船尾——玛丽亚头朝天掉到了船底，眼睛上蒙着围裙。别的我就不知道了——"

"这个你看见啦？"

尤哈站起身来，走进他的小屋。

"他是强行把她带走的,这点你可以肯定？"尤哈的母亲问道。

"天哪，怎么会发生这样的事？！"女仆哭着说。

尤哈的母亲看见尤哈在小屋里匆匆忙忙地换上了节日的盛装。

"你要出去？"

"是的，我要出去。"

"去哪儿？"

"我要去动员全教区的人。"

"为了这件事你想动员全教区的人，这不可能。"

尤哈已经冲到岸边，把船推到湖里，开始朝着南面的方向划去。

第 4 章

起初，尤哈觉得这一切好像是个意外事故，玛丽亚好像掉进了某个地方，那里他听不见她的喊叫声，就像一头掉进沼泽地里的母牛，她无法自行摆脱这个困境。可是，当他坐在船上不停地划船时，他开始明白确实发生了什么事。玛丽亚是被绑架了，一个陌生人把她强行带走，把他的妻子带走。但是这个人在玛丽亚身上是得不到什么好处的。如果他以为可以用拳头威吓来迫使她就范，那他就根本不了解玛丽亚。用鞭打或者别的什么暴力也是不行的。她母亲活着的时候，她已经竭尽全力了。当强盗在岸上对她突然袭击时，她是孤立无助的，当她在船上时，她也是孤立无助的。但是，尤哈好像看见了强盗在岸上逼近她时所发生的情景：玛丽亚一声不吭，眼睛不看，耳朵好像也不听。他企图用暴力，但玛丽亚用嘴咬他，用脚踢他。他怒气冲冲地打她，不过，尽管她痛得眼泪汪汪，但她的嘴巴丝毫也不颤抖。坚持住，玛丽亚，坚持住！我来救你啦！

尤哈划啊，划啊，划过开阔的湖面和峡湾，不管是顺风还是逆风，总是保持同样的节奏。当木制桨架磨断了，他就马上换个新的。当他肚子饿时，他并不停止划船，而是咬了一口就把面包放在座位上，然后再咬一口，又放回到座位上。他是边划边嚼面包，脸上闪现出坚强不屈的神情。当他心里这样想时，嘴上不时地露出笑容："别恐慌，我带着大批人马来了！"——玛丽亚跑着过来，这次她会双手搂住他的脖子说："尤哈，你可来了！——你的确没有抛弃我。"

船头前方是一片广阔的湖面，越过湖面就是他的老家。他已经能看到岬角上的风车。尤哈把船头对准风车的方向，朝船尾后面看，他家所在的山丘还隐约可见。

他已经有多年没有到老家来了。从玛丽亚还是孤儿时起，他们就虐待她，当时除了我，她没有别的朋友。他们坏透了，我们结婚时连婚礼都不给我们安排。我们俩只得这样结了婚。回来时，我们划船经过了拉雅山，这是最后一次划过拉雅山，玛丽亚从此以后从未跨进过他们家的大门。

我要不要径直划向教堂村？不过，我从我的老家得到援助，这是合情合理的。我并没有要求他们让我成为家财的继承人，也没有要求他们义务劳动过。我所得到的没有别的，只有每年夏天我母亲到我家来时喋喋不休的责骂。在这样紧急关头，我应该可以请求我的兄弟们的帮助。这是我第一次请他们帮助，如果他们不愿意帮助，我这次也不求他们。

尤哈越接近他的老家，越觉得船桨变得沉重。我至少该回家休息一下，我要看看他们到底打算怎么做。

尤哈上岸后就走了进去的是一座古老的大宅院。院子里有放置渔网的木棚，一排小木屋，好几个储藏屋，周围有一大片平坦的、肥沃的农田。他们在这儿日子过得不错。如果我和玛丽亚也在这儿，日子也会过得不错。这儿会有我们的空间，附近有森林可以开垦，用不着把一个年轻女子带到荒山野林里去，让她与世隔绝，让她备受寂寞——现在这一切也就不会发生了。

尤哈走进了厅堂，他感到又累又沮丧。这时，一大帮男人和女人正坐在一张长桌两旁吃晚饭，他们有的是家人，有的是客人。他们在喝鱼汤，在咀嚼，用手把嘴里的鱼骨头扔在他们面前的盆里。当他们听到发生的事后，他们停吃了一会儿，不吭一声，接着又吃了起来。他们似乎在说："什么？——没什么！"他们慢慢地吃完了，谁先吃完谁就先站起来，把汤匙插在墙上的裂缝里，然后走过来跟他握手。

"这帮卡累利亚男人就是干这种事儿。"他的长兄边说边打嗝。

"他们以前也干过这种事儿。"第二个人说。

"他们以前也干过这种事儿，这帮魔鬼。"第三个人说。

接着，他们就喋喋不休地聊起过去战争的时候以及和平的时候他们所干的事。有时他们把女人抢去当情妇，有时把女人抢去当奴仆。女人就此销声匿迹，很少有人跑回来，也许不是所有的人都愿意回来，甚至有人甘心情愿待在那儿。干得很狡猾——只要把她很快地拖上船，脚一蹬，让船驶入急流，当然，没有人能够再从船里跳出来。从雪橇上可以扑通跳下来，但是谁敢从船上跳进滚滚的急流？不过，她为什么要跟着他去湖边呢？

"她是想从母亲那里逃走，因为母亲一到就对她大声喊叫。"

"她为什么要如此在意呢？"他的一个妯娌问道。她站在炉台旁，浑身都是烟灰。

"玛丽亚受不了辱骂。"

"如果长辈给她几句忠告，难道她也必须如此傲慢吗？"

"我想她现在已经摆脱了这样的辱骂了。"尤哈说。

他们就这样继续往下聊，一会儿这样看，一会儿那样看，但是他们就是没有行动。尤哈本来希望他们赶快吃完饭，系上皮带，拿起猎枪和斧头，立刻连夜出去告知别的人家，看来他这种希望是不会实现了。

"你追他们没有？"

"我一个人就是追上他们，能够对他们干什么呢？"

"当然喽，你单枪匹马能干什么呢！"

尤哈已经明白他家的人是不会帮他的。他们一点儿表示都没有，只是准备睡觉了。尤哈没有别的办法，只得站起身来走人。

"你去哪儿？"他的长兄问道。

"我去教堂村。"

他的长兄把他送到湖边。

"你就是为了这件事去教堂村？"

"现在这个时候，我还会为了别的事而去教堂村吗？"

"当然不会。你以为我们会跟你一起走，对吗？"

"我什么时候求过你们帮忙了？"

"没有。"

"那你为什么要这样说？"

"是应该帮你的——你大概是为了这个而来的。不过，你自己应该明白，光靠一家人的力量就采取行动是不行的。"

"如果是这样，那就是这样。"

"我们这儿夏天正是农忙季节，烧林开垦等活儿很多。"

尤哈本来不想多说，但他还是按捺不住。他说：

"从前，当熊在牲畜群里活动时，你们立即把农活儿都撇在一边。"

"追赶一只熊是一回事，追赶卡累利亚谢美嘎是另一回事。"

"难道丢掉一头牲畜比丢掉一个人的损失更大吗？我们曾经由于不如这次重要的原因都去过卡累利亚。我来的时候就已经知道玛丽亚在这儿连一头羊羔都不值，更不用说值一头母牛了。她落到狼的嘴巴里你们才高兴哪！"

尤哈把船推到水里，在船桨旁坐下，接着就划着船离开了。

尤哈拼命地划，船头不停地激起浪花，船桨划动形成的旋涡，犹如愤怒的公牛的眼睛，闪烁着金黄色的光芒。他每次划桨都划得又深，时间又长。不管怎么样，他仍然能把玛丽亚救出来。教区教长会帮忙的。他是个上了岁数的人，但他自己也有一个年轻的妻子。他会在教堂里宣布这件事，也许会让消息传遍四方，动员大家去解救被俘者。他就是这样一个与众不同的人。世界上还是有一个这样的好人！如果他能助我一臂之力，那么其他人的援助我就不需要了。只要这位老人使劲一跺脚，大家就会像救火一样奔赴现场。

当尤哈划进一条两边都是大片湖水的狭长的水道时，已经过了大半夜了。他从水中举起船桨，休息了一会儿，让船跟着水流漂荡。

教区教长本人就有一个年轻的妻子，他娶她的时候就是我跟玛丽亚结婚那年。"别管别人说什么，你就跟你心爱的人结婚吧。不要考虑她是否贫困，年轻重于财富。"主婚结束后，他走过来跟我们握手。"恭喜你们！"他对玛丽亚说。"恭喜你们！"他笑着对我说。其他人却警告我要避开年轻的女子："不要跟小孩子结婚。"然而，教区教长祝福我们，他比别人知道得清楚，因为他自己也娶了一个年轻的老婆——那天夜里我们是在那个岬角上度过的，那是我们的新婚之夜。她就像睡在她妈妈身旁那样躺在篝火旁的树枝上，双手搂住了我的脖子。现在她会在哪儿呢？她也许蹲着身子，被捆在树上。她没有哭，她也许在想："快来吧，尤哈，快来救我！尤哈，越快越好！"

我来了，我来了！教区教长会帮我们的。

尤哈划了整整一夜。在早晨太阳的照耀下，湖面上波光粼粼，格外刺眼。他终于划到了牧师府的码头。牧师府里的人还在睡觉，尤哈就在一个储藏屋前的台阶上坐了下来。他划了一天两夜，疲惫不堪，因此打起盹儿来了。但是一会儿他就惊醒过来，于是他就开始来回走动，以免再次睡着。他来到附近的教堂。这所教堂看起来很坚固，令人敬畏。大门和百叶窗全都关着，窗户就像对面走来的陌生人的眼睛那样冷冰冰的，毫无任何表情。

也许这儿也不会提供什么帮助。教区教长当然会通知大家在教堂圣器室前集合。"一头狼把尤哈唯一的亲人抢走了。伙计们，难道我们不该一起去追捕这个强盗吗？"他们却一言不发，只是呆愣愣地看着。既然我的亲兄弟都不关心我，难道他们会关心我吗？他们为什么要关心玛丽亚和我呢？他们有多少人认识我们？我为什么要到这儿来？也许我应该单干。

牧师府的窗户咔的一声，玻璃在阳光下闪闪发光。教区教长已经起床了，他打开大门，叫尤哈进屋。

当他听了尤哈的讲述后，这位老人显得十分激动，眼睛瞪得圆圆的，气得满脸通红，小步地踱来踱去。

"他真是个卑鄙的家伙！人家救了他，他没有被强盗抢，给他吃的，给他喝的，让他睡在自己的睡房里，把他当作贵宾来接待，而这个家伙却装作很友好——把人家唯一的亲人，他的妻子，他最心爱的人抢走了！"

尤哈的眼睛充满了泪水，他的脸颊不停地抽搐，不过，当他听到教区教长说的话，他同时感到非常高兴，高兴得笑了起来。

"是的，她是我心爱的人。我宁愿他把我家洗劫一空或者夷为平地——"

"他在自己国家不是想要多少女人就有多少女人吗？真是的，他来这儿抢东西，还抢走别人的老婆！别人的老婆！边界那头的人们现在是不是像从前的灾难年代那样又开始活动起来啦？现在谁也不再能肯定，他们不会什么人都抢——采摘浆果的人或者放牧的人，难道他们不会抢吗？！我们必须马上告诫我们的妻子不要去摘浆果，也不要带着孩子去湖边。"

教区教长一边说，一边在地板上踱来踱去，情绪越来越激动。很快他就会这样做的，很快他就会答应给我帮助，因为他怕他自己的老婆也会被人抢走。很快他就会这样做的，我根本用不着央求他。然而，教区教长却继续往下说：

"哎呀，你的遭遇太惨了，可怜的尤哈。"

教区教长想了一下，看了看尤哈——现在他要说了！ 但是他说的是：

"他也许已经把她放了，当他——"

"当他——什么？"尤哈颤悠悠地问道。

教区教长连忙改口，改变他原来想说的话。

"当——哦，当玛丽亚反抗。"

"在那种情况下，别人也会反抗，并不仅仅是玛丽亚。"

教区教长仍然没有听懂，因而他问道：

"你这是什么意思？"

此刻尤哈几乎笑了起来。

"难道教区的男人会允许他们在这儿干这样的事吗？"

"你的意思是——"

"我们应该向他们宣战。"

尤哈从教长的脸上很快就看到他的要求是不会有结果的。

"哦，我们可不能因为这样的事而宣战啊！"

"不能，不能，当然不能——"

"不能，我的好兄弟，当然不能宣战——你是为此而来的吗？"

"开始时我糊里糊涂地认为教长也许可以通知大家，在这个危急时刻把教区的男人都动员起来——就像动员大家追捕野狼那样。"

尤哈想笑，但他的下颌颤抖，眼角旁的皮肤不停地抽搐。

"不行，我的好兄弟，我不能，我绝对不能这样做，因为国王*已经传令，由于我们两国之间是和平相处，所以必须避免边界纠纷。"

"是的，是的——"

"因此不行——就我而言，我绝对不能——"

"不能，当然不能——真的不行吗？"

因此这儿尤哈也得不到帮助，这样的话，别的地方他也不可能得到帮助。

尤哈的心中填满了难以形容的悲愤，他完全没有了反应，好像宁愿丧失知觉似的。很有可能他再也不能活着见到玛丽亚了。

---

* 这里指的是瑞典国王。12世纪后半叶，芬兰沦为瑞典的一个公国，瑞典统治芬兰约600多年。1808年冬天，俄国宣布对瑞典的战争并入侵芬兰。这场战争以瑞典的失败而结束，并在1809年瑞典将芬兰割让给了俄国，芬兰从此成为俄国的大公国。

为什么必须这样呢？是不是因为两国之间必须维持和平？从前什么时候要求过这些国家这样做的？要求卡累利亚强盗们这样做过吗？

"我觉得这是我们共同的事情，整个教区的事情。"

"是的，是的，但是——"

尤哈仍然一动不动地坐着，尽管他应该离开了。谁也不再说话了。教区教长坐在摇椅里慢悠悠地摇动，眼睛看着窗外。

"那我该单干啦！"尤哈说。

"如果你回不来了，那怎么办呢？"

"即使我回不来，我也要试一试。"

"丢掉自己的性命，那可不值得呀！"

"如果玛丽亚救不回来，那就让我丢掉性命吧。"

"难道你真的这样爱她吗？"

"是的。"

他的眼睛就像烈火燃烧似的；他那浓密的眉毛下面好像跳荡着深邃的、被压制的蓝色火星。

"你是知道的，如果这件事发生在你的身上。"

教区教长的心软了下来。

"是的，我是知道的，我是会帮助你的，尤哈，请你相信我，如果我能帮助你的话，我是会帮助你的。但是，尤哈，你应该明白，国家的法令是不能违抗的。"

"不能，当然不能——"

尤哈急于离开这里，逃离这种激愤的情绪，掩盖他那颤抖的下颌。"不能，当然不能——"他相信教长说的话。既然国王已经颁布了这样的法令，教长就无法帮助他啦。如果他能帮助，他一定会这样做的。如果不是这种情况，难道他会这样说吗？

尤哈又坐在船上，船头对着自己的家，船尾对着牧师府。

国王的法令就在玛丽亚被抢走后公布，真是太巧合了。这样的法令他以前从未听说过。

牧师府看不见了，教堂隐没在树林的后面。从烟波浩渺的湖面上刮来了一阵强风，直接吹向狭长的水道口。U 形桨架咯吱咯吱作响，船头激起了一个又一个水浪。

白费力气，白跑了一趟，完全是浪费时间。这不可能是真的，没有这样的法令，没有这样的禁令。他们就是不关心，尽管他们不好意思这样说。他们为什么要关心玛丽亚呢？因为发生了这样的事，他们在心里嘲笑我哪。"噢，事情结果就是这样发生了。"如果这是教区教长的妻子或者有钱人家的妻子，那么半个教区的人就会行动起来去追捕这只恶狼。谁也不会关心玛丽亚，因为她是黑皮肤的外乡人。如果她是另一个人的妻子，而不是拉雅山罗圈腿驼子尤哈的妻子，而他既不会摇尾乞怜又不会阿谀奉承，那么——既然如此，我不需要他们的帮助，我靠我自己的力量把她救出来。我要杀了谢美嘎，我要像扭羔羊的脖子那样使劲扭他的脖子，让他的舌头都吐出来。我要砍断他的双腿，让他扑通一声倒下！船头前的浪花就像给他伴奏似的：就这样干，就这样干！有我就没有他，有他就没有我！如果玛丽亚不能活着回来，如果谢美嘎对她使坏的话，即使我们两人都完蛋，也没有关系。

尤哈划啊，划啊，他渐渐明白了，他该怎么做。在过去迫害时期，人们根据被俘人员路旁留下的记号找到了他们。玛丽亚或许也留下了这样的记号。既然她把丝巾留在岸上，她也可能留下其他的标记。这样的标记往往可以隐没好几周——我也可以这样做。他们放火烧房子，我也可以这样做。玛丽亚会猜得到，这是谁放的火——

当尤哈到家后，他看见他母亲已经作为家里的女主人安顿了下来，她像干自己的活儿那样干玛丽亚的活儿。她并不掩饰自己的喜悦。女仆到处窜来窜去，心里仍然很难过，眼睛里噙着泪花。

吃完饭后，尤哈从小屋里取出一支猎枪和其他打猎时用的器械，走进厅堂，开始把它们收拾妥当。然后，他又拿来了一只獾皮背囊，把它递给了母亲：

"把背囊装满——能装多少就装多少——鹿舌头和大麦面。"

"你是不是去打猎？"

"不是。"

"我以为你是去打猎，因为你是这样装束的。"

当母亲把装得满满的背囊交给他时，尤哈说：

"我要出门去，也许要走一段时间。这段时间里你不要走，你跟卡依莎一起干家里的事，你要什么帮忙的，你就支使她好了。粮库的钥匙在这儿，大木箱里还有点儿黑麦，你可以用来支付工资。"

"你不是去追那个家伙吧？"

"那个家伙？——我是去追那个家伙。"

"你一个人？"

"以前我不是一个人把她带到这儿来的吗？！"

"你没有人帮忙吗？"

尤哈背上背囊，握紧了猎枪，正要走出大门时，他母亲突然大声喊道："到了那儿你是找不到她的——你会丢掉脑袋的。"

"我丢掉的都是我自己的东西，但是另一个人也要丢掉他的脑袋。"

母亲可以看出，从他的声音中可以听出，尤哈已经下定决心，无法阻拦了。为了她，为了这个可恶的俄国女子，他会丢掉性命的——现在他走了，奔向死亡之门，现在他走了——

"走吧！"她大声叫喊，跟着尤哈穿过大门来到门廊，这时卡依莎刚好溜了进来。"你听到他刚才说的没有，卡依莎？他说他要去找玛丽亚。去吧，不过，即使你找到她了，你也不可能把她带回来的！"

"什么？"

尤哈在门廊的台阶上停住了脚步。

"你说什么？"尤哈追问，并且向她靠近了一步。

"东家，不要——"卡依莎说，双手蒙住了眼睛。

"你就是叫她，这个淫荡的婊子也是不会跟你回来的！"

"哎呀，东家呀，东家——"女仆浑身颤抖。

"她是心甘情愿走的！"尤哈的母亲喊道，变得越来越激愤，"她是主动投入他的怀抱的！"

"这是谎言！"

"是卡依莎亲眼看见的，你可以问她！"同时她大笑起来，然后退回了厅堂。女仆瘫倒在地板上。

"你看见什么了？说啊！"尤哈摇动她的肩膀，催促她快说。

"我什么也没看见。"

接着她就哭了起来。

"你看见什么了？快说！"

女仆什么都不说，只是哭泣。尤哈冲进了厅堂。

"她看见什么了？"

"她看见一条船在急流中穿行，但是它突然转向一个平静的湾口，此时玛丽亚沿着河岸一边跑一边挥动着丝巾，好像在叫船停下来。接着他上了岸，张开双手，而玛丽亚一下就扑倒在他的怀里。他把她扔进了船里，自己跳上船尾，他们就这样走了，你的玛丽亚根本没有喊。如果是强行带走的，就会大声喊叫的。"

"你撒谎！"尤哈气喘吁吁地说。

"你可以问她本人！卡依莎，过来跟他说，我是在撒谎吗？"

女仆不走过来，也不回答，只是在门廊的角落里抽泣。她没有撒谎，哭泣的人是不会撒谎的。

尤哈的母亲站在灶台的烟囱旁，侧着身子，回头朝着尤哈冷笑，而他却耷拉着双手，身子稍为向前躬屈。

"她是甘心情愿走的，而且走得正是时候。"

然而，就在这时，一股热血冲向尤哈的脑袋。凑巧地板上放着一把砍刀。他像拿起带把杯子那样提起砍刀，在头上挥舞一下后就砍在他母亲前面的地板上，把一块地板砍得粉碎。

"你是在撒谎！"

接着他就大吼一声冲了出去。

"上帝保佑！"母亲大声喊道，一下就瘫倒在长凳上。女仆已经逃进了厅堂，这时尤哈刚好穿过门廊冲了出去。

"我想他现在不会想走了，他把他的武器都留在这儿啦！"

"啊呀！看您干了些什么！"女仆抽噎着诉说，"如果您用刀子刺他的心窝，对他来说也许会更好一些。"

"现在他不会想走了。"

第 5 章

玛丽亚心里充满着愤怒和怨气。她几乎是跑着来到急流的岸边，她根本没有考虑该往哪里去，只是想只要能离开就行。此时，她看见一条船正沿着急流冲了下来，谢美嘎在船头，他好像气冲冲地还在用篙使劲撑，加快船的行驶。但是，谢美嘎一看见玛丽亚，他就马上把船篙划过他的头顶转到船的另一边，好像一边用篙指了指，一边说:"快来！"玛丽亚发自内心地喊了一声，但没有说话。她举起了手，似乎在说 :"你怎么不带我走？ 快带我走！把我带到什么地方都可以！别把我丢下！"

玛丽亚开始沿着河岸奔跑，她不再是想追上谢美嘎，而只是想在他驶入咆哮奔腾的急流之前能最后看他一眼。她急急忙忙地赶到了岬角，因为急流在那里绕着岬角转了个弯儿，而且她能看得更远，能看到急流的下游。可是，谢美嘎的船已经不见了。玛丽亚越跑越快，丝巾钩住了一棵白杨树，她就把它留在那里。她没有时间把它捡起来。"我为什么让他走？当他叫我走时，我为什么不走？"不过，当她穿过白杨树林越过岬角回到急流边时，她看见谢美嘎从船上跳到岸上，把船拖到两块岩石中间，船篙往船上一扔，张开双手向她跑了过来。玛丽亚停住了，并且往后退了一步来控制步速。谢美嘎一条胳膊抱住了她的腰，她被推倒在地上，又被抱了起来，扛到船上，然后就被扔进了船里。这条船先是撞在岩石上，接着猛烈地摇晃、摆动，过了一会儿就在湍急的流水中漂浮。

　　玛丽亚被扔在船头后，她仍然躺在那里。她别的看不见，只看见一片天空，偶尔看见树木从他们头上掠过。有时候船头会翘起来，有时候会沉下去。谢美嘎站在船尾，船有时平稳地滑行，有时急剧地冲撞，他的身子也就随着船的节拍而一上一下，身后一会儿是湍急的流水，一会儿是蔚蓝色的天空。玛丽亚想坐起来，想把头抬起来，但是又倒了下去。她是在洪流滚滚的急流之中，船行驶得很快，她只能模模糊糊地看到堤岸飞快地掠过，浪花飞溅在她的脸上。船行驶得越来越快。"啊，天哪！"流水越来越汹涌，船的两旁嘎吱嘎吱作响，好像船要散架似的。他们的船完全卷进了咆哮奔腾的急流之中。谢美嘎好像离得很远，他好像不是站在船上，而是在滚滚的洪流之中。一会儿，他又岿然屹立，耸入云霄，头发披散着，胡子在他脖子两边飞扬。世界上没有别人，只有谢美嘎，他的脚下和船的两侧河水好像滚沸了一样，到处是泡沫，到处是浪花。看不到一棵树，看不到一块土地。滚滚奔腾的急流企图追赶谢美嘎，但就是追不上他。突然，他的眼睛落在玛丽亚的身上，脸上顿时掠过一丝微笑，但一会儿他的眼睛又转向别处，皱起了眉头，噘起了嘴巴。玛丽亚抬起头向船外看，一块巨石擦边而过，把船尾刮了一下。船的另一边，另一块石头差点儿碰上船头。不过，谢美嘎却在这两块石头中间飞也似的穿行。玛丽亚向后躺下："啊，我的天哪！"

她已经把围裙蒙在眼睛上了。不过此时船速好像慢了下来。

"哎呀，不用害怕，没有什么危险！"她听见谢美嘎这样说。

他们划到了一个静水潭。谢美嘎站着划桨，他的身子有点儿弯曲。他是又高大又漂亮。她不敢正视他那双烈火般的眼睛和容光焕发的面颊。啊，只要他能把她送上岸就好了！但是，他却朝着前面的急流奔驶过去。

"放我出去！让咱们上岸！"

"你想上岸吗？"当船靠近岸边时，谢美嘎问道，"你就跳吧！"

玛丽亚又坐了下来。她不敢，时间也不够，而且她也不想跳。与此同时，静水潭过去了，船又驶进了急流。

"这下可倒霉啦！"谢美嘎喊道。他拼命地撑，船有一半已经进了水，滚滚的流水在船内外奔腾咆哮。船底撞在一块岩石上，船停下来时，船身嘎吱嘎吱作响。

"快划！"谢美嘎喊道。

玛丽亚还没拿到船桨，船就漂走了。

"用不着啦！"

玛丽亚坐了起来。他们已经从几乎是垂直的瀑布直泻而下，现在又进入了静水潭。

"放我走！"玛丽亚哀求谢美嘎，"我们会淹死的。"

"躺下吧，还有一个险滩——过后你就可以走出去了。"

他又诡秘又调皮地向她笑了笑。玛丽亚听从了。不管发生什么事，听其自然吧！他再也不会让我走了，就这样也好。他愿意把我带到哪里，就让他把我带到哪里！

现在急流好像平缓得多，水流不是那么起伏，船头的浪花不再溅进小船，因此船好像驶得比刚才快，犹如一只被释放了的狼在白雪皑皑的山坡上奔跑，越跑越快，但跳过几个高地后就好像在平地上滑行似的放慢了速度。——玛丽亚有点儿头晕，想呕吐，觉得不舒服——这时，船头突然转向，谢美嘎跳进水里，推着船中间的座位，船头就嘎吱一声上了碎石滩。玛丽亚正要站起来，但是她还没动就被谢美嘎抱了起来，并且把她抱上了岸。

"别抱我，谢美嘎，别抱我！让我自己走！"玛丽亚哀求道，但同时她却紧紧搂住了谢美嘎的脖子，直到他把她放在长满苔藓的土丘上时才松手。不过，当他随之跪在她身旁时，他却并没有松手。

"我们现在在哪儿？"玛丽亚问道，紧闭着双眼。

"在岛上，"谢美嘎慢悠悠地说，"在急流中的一个小岛上。"他重复道，"现在你是我的人啦。"

"我不属于你的——我是属于另外一个人的。"

"你是我的人。"

"为什么我是你的人？"

"因为你愿意属于我的。"

"属于你的？"

"是的，属于我的。"

"不，我是属于别人的——让我走——"

"你曾经是别人的，"谢美嘎低声地说，眼睛里和声音里都流露出得意洋洋的表情，"你在芬兰时，你是属于别人的，但现在你是在卡累利亚。"

"在卡累利亚？你为什么强行把我带走？"

"你是心甘情愿来的！"

"是吗？"

玛丽亚不知道，她是主动来的还是被人带过来的。

在玛丽亚的耳朵里，急流的咆哮声听不见了。然后，咆哮声又响了起来，但是听起来好像很远。

"把我扔进急流里去吧。"玛丽亚说。

"在这儿休息吧。"谢美嘎说。

"你也休息吧，"玛丽亚恳求说，"你不要走。"

然而，谢美嘎还是从玛丽亚怀里挣脱出来，眼睛里露出了笑意。

"你的眼睛为什么对着我笑？"玛丽亚问道。

"它们不是对着你笑，它们就是感到高兴。"

"为什么？告诉我为什么。"

"你好像以前从来没有拥抱过什么人。"

"我从来没有——我从来也不知道——"

"你不知道什么？"

"还有像这样的事。"

"我也不知道。"

不过他是在撒谎。玛丽亚并不是他的第一个女人。她感到胳膊压在他的脑袋下面非常沉重。她想一个人待着。

"你累了吧？"玛丽亚含情脉脉地说。

"我不累。"

"亲爱的，你在急流里奋战了一场——而我却舒舒服服地躺在船底。我给你在船头铺个床。"

"你给我铺个床？你也给自己铺个床吧。"

"不，给你——这样你就可以好好休息，亲爱的！"

"好吧，你给我铺床吧。"

谢美嘎睡在船头。玛丽亚把床装饰成好像这是张婚床，床的两旁与船的围栏中间都铺了树叶。谢美嘎就好像睡在花坛里似的，而玛丽亚却坐在岸边的石头上，她在想：如果谢美嘎的船是在水上，她就会像摇婴儿睡觉那样摇他睡觉。

她在两块石头中间点了一把火，火上挂着一个桦树皮编织的筐子。她不时地添火，用树枝搅动筐子里的东西。

她感觉很好，很温暖，舒服极了。她有时闭上眼睛，以便更好地享受这种感觉。她一生中第一次体内与体外都暖得打战。我在哪儿？我怎么会到这儿来的？把我带到这儿的人是谁？——啊！不管我在哪里，不管情况如何，不管那个人是谁——只要我离开了过去的一切就好了。过去的一切已经不存在，已经一刀两断，我已经自由了——再也没有东西可以束缚我了。

世界上好像没有别的，只有那个桦树皮筐子，里面装的是她给谢美嘎捕来的鱼，现正在火上沸腾，还有这座位于急流中间的小岛。不管以前的地方在哪里，这跟她无关。他们大概在咒骂我，责怪我。让他们去骂吧！我不欠他们任何东西，我的赡养费我已经偿还给他们好几倍了。

我一生中能不能至少这一回也为我心爱的人守候？我能不能等他醒过来？希望他睡个好觉。他在急流中时多么帅气啊！在雾蒙蒙的夜色中，他看起来好像是个神灵！他来接我走，就像在空中飞翔那样把我带到这儿。他想把我带到何方？把我带到更远的地方去，还是把我留在这儿？就让他愿意怎么做就怎么做吧！把我留在这儿或者他像神仙那样上天走了，这样也都可以的啊！即使我现在必须投入急流，我也不会感到难过。

谢美嘎在船上动了一下，但并没有醒过来，他只是转了个身子。

也许我用不着再进入急流啦？也许这一切还没有到头？也许还刚刚开始？我一直在等着他来，等着他把我带走——他确实来了，他确实把我带走了。

不管怎样，现在我在这儿煮饭——就在他的身旁守候。这儿，一切都是陌生的，但是离过去的一切还是很近；只要我点燃那棵松树，他们就会看到。我要不要点火？我要不要让他们来抓这个逃犯，把"他的人"抓回去？让他们来吧，让他们试一试吧！"她不再是你的人！"谢美嘎冲着他大声喊道。打架就这样开始了。这真是一场好戏！玛丽亚一边在脑海里遐想，一边乐不可支。谢美嘎是不会愿意结束这个可怜虫的生命的。他只是用手把他一把抓住，提起来转了一圈，然后抛进急流里。他会沉下去的，一会儿仰着，一会儿趴着，有时用手刨，有时用脚踢，一只脚穿鞋，一只脚光着——头朝下脚朝上地顺着急流冲了下来。就让他这样吧，我才不管他呢——

鱼汤煮好后，玛丽亚就把桦树皮筐子从火上挪开，盖上一块布，轻轻地端进船里，此时谢美嘎还在睡觉。她看不见他的脸，因为为了防蚊子她在他的脸上已经盖了一块手巾，但是她看见了他的胸部，又宽又高，而且拱了起来，他的胸部在静静地一起一伏。她看见了他那修长的四肢——如果不会打扰他的睡梦的话，她真想用手去摸一摸。她在脑海里还是臆想着用手摸一摸他的四肢。

我能不能给他再找一点好吃的，让他醒来后就着鱼汤一起吃？她往小岛深处走去。小岛在急流中间，左右是两条不停地汹涌奔腾的洪流。遍地都是桦树和白杨，一直长到岸边。岛的中间地势较高，有一块大岩石，上面长着一圈黄澄澄的黄莓。岩石下方的石头缝里有一些紫红色的木莓。绕着小岛走时，玛丽亚还找到了红茶藨子，就在一个火坑旁边。"难道我们之前这儿有人来过？是他把我带到这里的。也许他以前来过这里，因为他知道如何上岸。他把我带到一个他熟悉的地方！不过，他终究还是把我带到这儿啦！他终究还是要我的！而我是怎么样的一个人呢？我是一个无名无姓，无亲无戚的乞丐。任何人都不配，只配那个老态龙钟的驼子。我也是一个像样的人，不是吗？他一看见我就爱上了我。他是这样说的，他是这样引诱我的。当他听说我不愿意，他就很生气。难道现在我不是属于这位国王的儿子，有名望的人，卡累利亚最美的男子吗？！他要把我带进他的豪门之家，让我有一个好心肠的婆婆。"

她绕着小岛走了一圈，穿过长满浆果的岩石群，有时急流的汹涌声一点儿都听不到了，有时好像从远处树林后面传了过来。她慢慢地采满了一筐子浆果，心里充满着甜蜜的喜悦，嘴上挂着幸福的微笑。

第 6 章

谢美嘎已经醒了，他把手巾从眼睛上扯掉——我在哪儿？发生什么事儿啦？——然后，他就想起了有关的一切。

我是不是又疯了？我是不是又做了一件蠢事？这次又会引起战争，又会遭受迫害。这真是无事生非！我为什么要抢别人的老婆？我不应该管她。我把她放在哪儿啦？我是把她带回家——还是放她回去？她抓住了我，并且开始号啕大哭。如果她知道什么对她有利，她会求我把她送上岸。她知道如何沿着河岸走回家的。她只要说她在放牛时迷了路，他们是不会觉察到任何问题的。当时我们走的时候，谁也没有看见。

然而，谁也没有像她这样热切地拥抱过我。谁也没有像她这样把我逼得要死。她以前从来也不知道拥抱一个男人是什么样的滋味儿。我真不想跟她分手，但是最好还是让她回去。到了秋天或者什么时候我经过那里时，我们还可以见面的呀！

谢美嘎坐了起来，他发现船上铺满了树叶。这都是些花招儿，要是有吃的就好了！

他是饥肠辘辘，由于躺着的缘故，身子有点儿麻木。他懒洋洋地向四周张望，由于胃酸作怪，他对着船底吐了口痰。

她已经把火点着了——为什么点火呢？这儿没有东西要煮，也没有东西要煎。是不是给追捕的人发信号？他们什么时候都可能接踵而来。我们睡着的时候，他们可能已经超过我们，正在急流下方潜伏着等我们呢！

他爬了起来，把火一脚踩灭，把灰炭踢到急流里。接着他又上船去找他的干粮袋，同时把船上的树叶全都扯掉。他找到干粮袋后，就在石头上坐了下来。干粮袋里好像还有一块干面包和一条咸鱼尾巴。

　　玛丽亚站在比较远的树丛里，注视着谢美嘎的一举一动——她本来想悄悄地从后面上去把他抱住，给他来个惊喜。但是，她突然愣了一下，因为她看见了他脸上的表情。他是不是在生气？他为什么生气？生谁的气？生我的气？他为什么把树叶都扯掉？他的眼睛里流露出一种冷冰冰的，几乎是严酷的神色。

　　他是饿了！玛丽亚很高兴看到谢美嘎啃干面包时所流露出的那种不高兴、不满足的神情。这个可怜的家伙真是饿了！他在啃干面包，他并不知道——他并不知道我给他准备了鱼汤，还有满满一筐浆果。谢美嘎看上去越生气，玛丽亚就越高兴。

　　"不好吃吧？"谢美嘎听到附近传来一阵咯咯咯咯的笑声，同时他看见玛丽亚藏在树丛里。在他那怒气冲冲的眼睛里，玛丽亚就显得又老又丑，肚子鼓鼓的。

　　"啊，你笑什么？"

　　玛丽亚想到她将带给他的惊喜，她笑得更厉害了。

　　"我笑你的干粮，你这个可怜虫。你没有别的东西可吃啦？"

　　谢美嘎没有回答，把嘴里的那块干面包吐了出来，然后很生气地又咬了一块。

　　"只要你抬起头来稍微看一看，你就会发现这儿有吃的东西。"玛丽亚在岩石旁行了个屈膝礼，并且从藏东西的地方把桦树皮筐取了出来。

　　"你手里拿着什么东西？"

　　"熟的鲈鱼。"

　　"你在哪儿搞到的？"

　　"别管在哪里搞到的，尝一尝，好吃不好吃？"

谢美嘎从玛丽亚手里把筐拿了过来，喝了口汤，用筷子夹鲈鱼，把嘴巴都塞得满满的。

"哦，你是用什么方法搞到鲈鱼的？"

"我在你的帽子里找到了钓鱼线，我在那儿岸边砍了一根钓鱼竿儿。"

谢美嘎拼命地吃，吃时还发出咂嘴的声音。玛丽亚在一旁等候，等他叫她一起吃，不是因为她饿了，而是因为她想互相做伴。就像尤哈那样，不管他饿得怎么样，他总是叫她一起吃；她还没吃之前，他是不会吃的。可是，谢美嘎脸上还是那样冷冰冰的，差不多很生气的样子。船上的树叶并没有碍手碍脚，那他为什么要把它们扯掉？从这儿开始也许他不要我跟他一起走啦？

她听见谢美嘎站起身来，她也站了起来。不过，当她再看他时，她发现他的样子完全变了。他正在擦拭他的胡须，脸上露出了饭后那种心满意足的神情。同时，玛丽亚相信自己是搞错了。他是累坏了，肚子饿了。她的心就一下软了下来，她甚至想张开双手搂住他的脖子，但是，她仅仅是把装有浆果的筐子递给他，并且说：

"给你，这里还有一些浆果。"

"你还有浆果？你是什么时候采的？"

"你睡觉的时候。"

"我睡得很长时间吗？"

"长得够我采这些浆果了。"

"你采的浆果很甜，你煮的鱼汤也很好喝。"

谢美嘎吃着浆果，玛丽亚在他前面用手托着筐子。他觉得，玛丽亚解下围裙后，看起来不再丑了，身材也不再不成样子了。

"你也吃吧——我吃不了那么多。"

"我采的时候就已经吃了。如果还有剩下的——"

玛丽亚浑身战栗。她本来想说下去，但就是说不下去——她使尽力气最终说道：

"如果还有剩下的，那你也许下次还会需要浆果。"

"那你呢？"

谢美嘎已经用手搂住了她的腰。

"我不需要浆果。"

"不需要吗？为什么？"

"我前面要走的路比你的短。"

玛丽亚想从他的臂弯里摆脱出来，但是，她那纤细、柔软，但十分健壮的身躯激起了谢美嘎的情欲，他就是不撒手。

"你不跟我一起走啦？"

从他的眼睛来看，玛丽亚决定不了，他等待的是什么样的回答。谢美嘎自己也不知道他想要什么。玛丽亚没有回答。

"那么你想去哪儿？是不是想回家？"

"我决不回去！"玛丽亚喊了起来，同时从谢美嘎手中挣脱了出来。

"去哪里都行！让我上岸，我也许会找到地方的。"

她的胸脯一阵抽搐，但是还没有哭出来。

"你跟我一起走是不是感到厌烦啦？"谢美嘎带着埋怨的口气说。

玛丽亚的表情突然紧张起来，犹如一个女巫看见显灵似的。

"即使我的旅程到此结束，我也已经享有了我一生中想得到的东西！"

谢美嘎的眼睛好像顿时冒出了火苗，每条血管里热血沸腾。他已经见过许多女人，多次见到过她们激情迸发，但是从未看到过像玛丽亚现在脸上所流露出的这种表情。他听到过许多女人对他说的话，但是没有一个女人对他说过像玛丽亚用刚才那种口气所说的话。她有个家，但她不打算回家！她愿意继续上路，但不知道去何方！从她身上我还能得到很多乐趣呀！

"那就跟我走吧，玛丽亚！"

"你不要我，对吗？"

"我要你。"

"你要我吗？你说，谢美嘎！你真的要我吗？"玛丽亚搂着他的脖子，咬着耳朵低声地说。

"我不强迫你走——但是，如果你愿意走——"

"刚才我是心甘情愿来的——你以为你是强行把我带来的吗？你啊——你说！"

这时，谢美嘎一把把她拉到身边。玛丽亚高兴得哭了起来，因为她不用跳入急流啦。要是谢美嘎在这儿把她抛弃，她就会投河自尽。

她离家出走，在急流中穿行，然后来到静水潭里的小岛——这一切都是在她神情恍惚的情况下发生的——现在他们划着船，沿着蜿蜒曲折的溪流，顺流而下。他们有时经过怪石嶙峋的河岸，有时在倒在水中的松树下穿行。他们靠着阔叶树树干，像风帆那样吹着他们驶过一片又一片椭圆形的湖泊，这些湖泊的名字她全然不知，问也不问。时而玛丽亚在船头划船，时而是谢美嘎在船头划船。时而她在船尾掌握方向，时而是谢美嘎在船尾掌握方向。不过，他们总是面对着面，互相对视，互相卖俏逗笑。每次卿卿我我都是这样结束的："你是我的人吗？""你别问啦！""你觉得好吗？""你知道，为什么还要问？"当他们不说话时，他们就静悄悄地划船，这时，玛丽亚的思绪的范围并不超越小船破浪前进所开阔出的水道。他们船后面水道消失的地方就是她过去生活消失的地方，船头浪花飞溅的地方就是她新生活开始的地方，别的东西她不想再听了——"你是属于我的，玛丽亚，对吗？""你别问啦！""不过，你还是要告诉我。""你是知道我是属于你的，谢美嘎。"当他们上岸，穿过沼泽，总有船只藏在河湾处，就好像旅游之神专门为他们准备似的。在他们打算过夜的地方，总会有点篝火用的木柴和冷杉树搭成的小屋，里面有一张树叶编织的床——这一切会是谁干的呢？当玛丽亚问谢美嘎时，他只是笑一笑而已。

"躺在船头休息吧！"穿过一条长长的、汹涌澎湃的急流后，谢美嘎对玛丽亚说。她已经记不清这是第几条急流了。"躺下吧！眼睛蒙上手巾！"

玛丽亚感到船在船桨有力的划动下飞速前进，听到船头顶着微风破浪行驶时所发出的嚓嚓声——船划得越来越慢，接着滑上了一片软绵绵的沙滩，但是，玛丽亚还没来得及扯掉盖在眼睛上的手巾站起身来，她感到一只手抬起了她的双腿，另一只手托住了她的后背，接着发现自己已经站在沙滩上了。

"你是怎么样离开的就怎么样到达。"谢美嘎说。

"我们现在在什么地方？"

"我们到达目的地了。"

玛丽亚看见一片亮晶晶的沙滩，顺势往上是一片绿油油的青草地，接着是桦树林，过了桦树林是一座石头山。桦树林的一侧，一棵木节斑斑的垂枝桦树下面有一座原木搭建的小屋。

"我把你误导了——我的房子没有这个大。"

玛丽亚只是既高兴又温情地说：

"啊呀，谢美嘎，你啊！"

玛丽亚感到眩晕，眼睛里泪水汪汪，把生活给蒙住了，把世界给蒙住了。她的眼睛在流泪，而她的心却在欢唱，两者都不知道为什么，因为没有比这个更可爱、更美丽的地方了。

"我又把你误导了，玛丽亚，除了这座房子外，我的确还有一座房子。如果你想去那里，咱们可以去那里。如果你对于这座房子感到满意，咱们可以留下来。"

"咱们留下来吧！"

"但是我必须回家看看。"

"你可以走。"

"你敢一个人待在这儿吗？"

"即使你走一年，或是两年，只要你第三年回到这儿来——"

第 7 章

尤哈昏昏沉沉地坐在厅堂里，胳膊撑在膝盖上。他想搞清楚，现在是晚上还是早晨，是同一天还是中间已经过了几天，但是白费力气。关于发生的事，他记得起一些，有一些他记不起来了。

好像他的一半身子已经麻木不仁。由于熊咬的结果，他的左腿已经部分地死亡，当他用手触摸左腿时，他觉得好像在触摸陌生的肉体，反应很遥远，好像是从另一个人身上传来的。

他想知道他去过什么地方。他在一个地方绕了一圈儿，那里左边是水，右边是低洼的丛林，脚下是摇摇欲陷的沼泽。这个地方他记得，他也记得他曾经丢了帽子，但后来又找到了。他还想记起一些事情。他绞尽脑汁，左思右想，结果脑袋都痛了，一半是轻微的疼，另一半是浑噩麻木，好像被莫名其妙的血块堵住似的。

好像出了事，但出了什么事？是什么把那块地板砸碎的？为什么砍刀在地板下面？

然后，他记起来了。

不过，他为什么要这样做呢？我是打算砍我的母亲？但是为什么？

他的脑袋在发晕，他的心在颤抖。他有一阵子好像完全失去了知觉。

然后，他好像听到远处的喊叫声："你在撒谎！"这是他自己喊的声音。他突然全都记起来了：他是如何从院子里跑出去的，边跑边喊："你在撒谎！"他一边绕着沼泽地奔跑，一边高喊"你在撒谎！"他摔倒了又爬起来再跑，好像他在追什么东西，要想把它抓住，把它砸碎。

但是，这不是谎言。这是真的。她是走了，她不在这儿了——这事儿刺痛了他的心灵和整个肉体。他张大嘴巴想大喊起来，尽管怎么都喊不出来。同时，他感到眼前越来越黑，越来越模糊。

如果这事儿真的发生了，那么其他的事儿是不是也可能发生？但是，一切还是跟以前一样。灶台在那儿，蟋蟀在唧唧地叫。玛丽亚没有走。不，这只是个梦。但是我为什么醒不过来呢？在我窒息之前，难道醒不过来吗？他不禁大喊一声，好像要把噩梦从脑海里彻底赶走。他站在地板中间，高举双手。此时，有人从灶台烟囱旁的长凳上跳了起来，边喊边蹦，身上穿着一件白得像个兔子的衬衣。"卡依莎，别害怕，我什么也不会做的！"尤哈在她身后安慰她说。女仆走了回来。

"我害怕极了——你真的应该去睡觉，东家——你浑身湿淋淋的，身上沾满了污泥。"

尤哈完全清醒过来。他站在台阶上，发现晨光透过蒙蒙细雨射了进来。一条狗从台阶下窜了出来，围着他的脚蹦来蹦去。一只潜鸟在湖面上啼叫。

他走到了湖边，渔网还挂在晒网杆上，那天他打鱼回来后就是这样把渔网留在那里的。这是真的，这完全是真的。为了找点活儿干，他开始把渔网绕在木杆上。他干得很快，很熟练。他的思绪也绕着同一个轴心旋转。事情是这样的，的确是这样的。她现在不在这儿了。希望事实并非如此是没有必要的。因此你把地板砸碎，这是毫无意义的，因为卡依莎看见她投入那个人的怀抱。这事儿发生在你的身上，不是其他人身上。

渔网绕在木杆上后，他就用力把渔网扔进船头，碰地时，渔网上的坠子沙沙直响。

——他们是一起从院子走到这里的。那个男人靠着围栏站在那里。当时他们是不是已经决定好了？玛丽亚怎么还好意思陶醉在对从前他们一起捕鱼时的回忆之中呢？他们年轻，漂亮，而我又老又丑。当像他这样的人看上了她，她为什么还要管我呢？让他把她带走吧！让他把她带走吧！让他包养她吧！

他又把另一个渔网绕在木杆上。他越干越快，甚至弄破个网眼他也无所谓。

她公开地，毫不掩饰地接受他送的订婚礼物。她是给他烧热了萨乌那，她是给他在木榻上铺了麦秸，不是给我。她在自己的小屋里给他腾出地方来。她不是为了逃离我的母亲——她是在撒谎。她应该直截了当地对我说，她应该说："我现在要离开你了，因为我有了比你好的人。"我是不会拒绝的，对吗？我当然不会拒绝的。可是，她却悄悄地溜走了——像个小偷。

他突然感到四肢发软，呼吸困难，费了很大的劲儿才把最后一个渔网绕在木杆上。他十分吃力地走过院子，摇摇摆摆地穿过打开着的房门，走进自己的小屋，和衣而卧，并且很快就睡着了。

尤哈睡了整整一天，直到晚上才醒过来。

那天夜晚，天气阴冷，晴朗，刮着北风。母亲和卡依莎在挤牛奶。这事儿已经发生了，他也不再假想事实并非如此了。对此他是无能为力了，他也用不着采取行动了。既然她走了，就让她走吧！——玛丽亚的衣服还在他睡的小屋里，他把衣服拿到她的小屋里。当他打开房门时，一股卖货郎的气味扑鼻而来。他砰地关上房门，把钥匙放进口袋，径直走向湖边，把钥匙扔进水里。接着他白天黑夜刈草，一直到炎热的中午，此时他感到疲劳，就上床睡觉。对尤哈来说，白天和黑夜都搞乱了。

他生活在神情迷茫之中，他也不想从迷茫中摆脱出来。无论他在走动还是在干活，他的眼睛像梦游人的眼睛那样怔怔发呆。他一声不吭，让他的母亲干她自己的活儿。

老主妇觉得一切都像应该的那样。

"看来这儿一切都正常了，"她对卡依莎说，"他好像不再思念那个人啦。"

"他一声不吭并不表示没有问题。"

"他以前也是寡言少语。"

"不是一切都好。"女仆重复说，"我听见他晚上在哭，白天在自说自话。"

"他说什么来着？"

"'哎呀，看你干了些什么！''哎呀，你怎么能这样干！'他想念他的老婆。"

"让他把牢骚发泄出来吧。"

"他还等着她回来，她永远也不会从他脑海里消失的。"

"我要让她消失。"

"尤哈真可怜啊，东家，别剥夺他那最后的乐趣啦！"

"思念有什么乐趣？"

"思念的确是乐趣。"

"我要把它连根拔掉。"

"如果你不能连根拔掉，那怎么办？如果只是拔断，但根还留在地里，那怎么办？——事实上已经拔断，但根没有断。"

"那就让它断掉，根留在地里吧！"

"要是她回来了，那怎么办？"

"她不会回来的。"

"她走了，你大概很高兴吧？"

"是的。"

"你怎么能是这样狠毒啊？"

"我能。"

尤哈回家吃完饭后，他的母亲对他说：

"你大概还等着她回家，对吗？"

"母亲，你为什么还要谈这事儿？"尤哈有气无力地说。

"我知道得很清楚，你在盼着她回来。不过，如果她真的回来，那不是为了你的缘故，而是因为他们把她赶出来了。"

"别再提这件事儿啦！"

"她老是骂你太老了。"

"她对谁这样说的？"

"谁愿意听，她就对谁这样说：'只要这个瘸子一死，我就可以找个年轻健壮的。'"

尤哈突然放声大笑，这使得他的母亲非常惊讶。

"现在她的确找到了一个！她找到了一个年轻健壮的——她终于找到了一个，这太好了！她为什么要跟像我这样的人受罪呢？瞧，我走路的样子多么滑稽啊！我的腿一瘸一拐的，就像风车上断裂的叶片，请你们瞧瞧吧！"

尤哈已经站了起来，开始在地板上瘸来拐去，而且故意让脚瘸拐得更厉害。

"老头子，别出洋相啦！"

"这条腿只是像这样有点儿摇晃而已。如果有人为我伴奏，我或许还能跳舞哩！母亲，唱个歌！"

他笑得越来越厉害，甚至当他走到院子里去时，他仍然是又跳又笑，肩上扛着斧头，嘴里不时地哼哼。

"嘿，你看见了吗？"他的母亲说，"他没有被摧垮，他还拿这开玩笑哪！"

"我觉得这不像是开玩笑。"卡依莎说。

然而，当尤哈晚上回家时，他看起来仍然像早晨离开时那样情绪很好。在洗萨乌那澡时，他一会儿哈哈地笑，一会儿嘻嘻地笑，一会儿放开嗓子唱了起来。

"上星期六，我还有老婆替我泼水加热，现在我没有老婆了——没有了——她不来了——啦啦啦——啦啦啦！母亲，你来，你来给你儿子添水。谁添水都一样，不是吗？——她走了——她走了——她走了——我的老婆坐着俄国人的雪橇走了！她走了，又怎么样呢？我们再找一个来取代她，行吗？你的意见呢？"他问道，停止用浴条拍打身子，"我们能不能再找一个？"

"为什么不能呢？"他的母亲很高兴地同意了。

"要是原来的老婆还活着，那行不行呢？"

"如果她是在边界的另一头，她就是没有活着。"

"我也是这样认为！更何况她是自愿走的。"

"我肯定可以给你再找一个。"

"找一个！给我找一个你喜欢的，但不要找穷女人。"

"你有像这样的房子可以找一个非常有钱的女人。"

"新老婆就应该有新房子。等到我把新厅堂和新睡房都盖完，好吗？我们要盖一座比城里焦油大王的住宅更好的大宅院，它有花岗石的地基，通向外边的烟囱。'请看尤哈做的事儿！他娶了一位富婆，盖了一座能与任何城里大款们的住宅相比美的大宅院。当他原来的妻子出走后，他又娶了个妻子。你们瞧这个老头儿，他又娶了一个漂亮的老婆！'母亲，快去给我找个老婆，要年轻漂亮的，要会生孩子的。当然我还会尽我的力量！我们要用不同的方式管教她，我们将很好地对待她，吃饭时把饭送到她面前，像对待教区牧师夫人那样由女仆侍候她，活儿都由别人来干，而她则可以坐在房间里织袜子。"

"这座房子现在这种情况也行。"

"不行，不行。我说要盖新的，那就盖新的！"

"谁给你盖？你钱怎么付？"

"你指的是我吗？谁来替我盖？你指的是我吗？"

尤哈已经从木榻上走了下来，开始走向院子，嘴里还重复着这句话。他的母亲跟着他，他在台阶上坐了下来。

"我钱怎么付？那座郁郁葱葱的山头是什么？那里我已经有了什么样的垦荒地？你去看过没有？我将雇人把山头一直开垦到山顶。当我们烧林开荒时，两个国家都能看到火光。我们将共同收割，共同把十几袋麦子运往奥卢(Oulu)。我的好兄弟和村里的人都会助我一臂之力。我们要给卡累利亚的玛丽亚捎话。那个巨大的火烟是从尤哈开垦的土地上升起来的，你已死的丈夫，不，你以前的丈夫，现在是拉雅山的富豪。在他年老的时候，他又娶了个老婆。他有一座能跟最富的焦油大王相比美的大宅院。他不再是垂头丧气。他娶了一个甚至能生孩子的妻子，他很高兴。他现在过着悠闲的生活——他活得越来越年轻了，这个老头儿走路甚至不瘸不拐啦。不久，他的儿子将为他开荒种地。你不信我说的话，母亲！你不信我会盖起一座能跟最富的焦油大王相比美的大宅院，对吗？"

"我相信你的话。"

"你不信我会再娶一个老婆，是吗？"

"快给我找一个，我等不及啦。原来的老婆可能会回来的。哎呀，你得赶快啊！快去找教区教长，让他担任我的证婚人。他是个好人，他会帮我们的——嘿，母亲，你在门廊里干什么？"

"什么事？"他的母亲急促地说。

"如果碰巧有人路过卡累利亚，请告诉他们，要是他们见到玛丽亚，请代我向她问候。"

"我不向她问候。"

"告诉她，告诉她，她走了，尤哈很高兴。他一点儿也不在乎。他没有死，他跟他现在的妻子在一起反而变得朝气蓬勃啦！他很快就要继续开垦他从前已经开始开垦的那一大片林地，开始修建他一直在谈论的那座大宅院。他将把旧的有烟囱的房子拆掉，盖起一座能跟最富的焦油大王相比美的大宅院——好了，母亲，这就是我们要说的话——告诉她，他又有了一个妻子，如果他的前妻能成行的话，她可以来见一见他现在的妻子。尤哈并不生她的气。"

"情况不好，不是吗？"卡依莎对老主妇说。

"闭嘴——这事根本与你不相干！"

但是，夜里他的母亲偷偷来到尤哈睡的小屋的门边，她也听到他在呻吟："哎呀，看你干了些什么，玛丽亚！——哎呀，你为什么要这样干？"那天夜里以及后来许多天的夜里，她都听到他在这样呻吟。尽管白天他总是在哈哈大笑，但夜里他总是在哀哭。

第 8 章

玛丽亚独自坐在一座小屋的门槛上，前面是一片空荡荡的湖面。她盯着湖面看，希望能看到有人来，但是一个人也看不见，不过明天会有人来的。要是明天没有人来，后天也没有人来，那么我就一个人在这儿生活。

他们曾经在林子里设过陷阱，并且一起去察看过有没有野兽掉进陷阱。他们曾经捕过鱼，钓过鱼，为了捕马哈鱼在急流下方设置过一个罗网。他们撒渔网，收渔网，把捕到的鱼加以清洗，在阳光下晒鱼，用盐腌鱼。他们一起狩猎，一起干活儿。玛丽亚从来没有想到过，人生会有这样美好的日子。但愿他能永远把她留在这儿，永远也不要把她带到他家住的那座大宅院去。真希望他能把萨乌那修理一下以供冬天使用！真希望他能为我盖个小牛棚，从他家里牵一条母牛过来！从树林里和岸边，我很快就可以采集到足够供一条母牛吃的牧草。谢美嘎可以砍伐树木——不，谢美嘎太娇贵，不能让他在荒原上开垦荒地。他是个走南闯北的商贩，他还靠别的活儿谋生。他是个英雄！在这儿，他就是不干这些活儿也能养活我。

谢美嘎离开的时候并没有谈到过他的打算。我真希望他不要为了我的缘故而陷入困境！哎，不管怎么样——他把我带到这儿，要我待在这儿等他回来。他一边说，一边轻捷地跳上小船，小船在水中晃动。他使劲划桨，船头激起了浪花。在离开堤岸时，这个手脚灵便、肌肉发达的小伙子向她不停地挥动帽子。

玛丽亚坐在门槛上等待着，眼睛直愣愣地望着前面一片浩茫的湖水。她坐在那里，不知道自己在何处，也不知道能否找到回去的路。她最后看了一眼前面的湖水后，回到她的小屋，并且躺倒在足够供两人睡的大床上。夜间，在她熟睡之前，她可以听到附近急流汹涌的滔滔声，水浪拍击河岸的砰砰声，以及风吹山林的唰唰声。她只睡在床的一边，另一边她留着，等待她的情人的到来。她觉得很惬意，就好像沉浸在美梦之中。

时间一天一天地消逝，但是她的情人却没有回来——哦，就让他待在那儿吧。我在这儿一个人能够生活下去。玛丽亚察看捕马哈鱼的罗网，撒网收网，洗鱼晒鱼，于是，岩石旁放在阳光下晒的鱼越来越多，排成了长长的一行。

但是他为什么还不回来呢？也许他还脱不了身。他不会抛弃我的，他不会的——我怎么会这样想呢？但愿他平安无事！他说在回家路上他还要穿过几条急流。也许他的船触礁翻了，因为没有人帮他划船。他为什么不带我呢？我可以帮他划呀！万一他不回来，那我该怎么办？我会出什么事？

这是一个下雨天，萨乌那的屋顶漏了，她感到有点儿忧郁。

不管他走到哪里，他真的应该带着我走。这样，我就可以看看他的部落在那里是如何生活的，他所吹捧的、赫赫有名的卡累利亚是什么样的。他们说我也是那里的人。他答应把我带到那里去，让我当大宅院的女主人。如果我没有反对，他也许会把我带走的，是我自己要留在这儿的。不过，当时我并不知道他会走那么长的时间——快三个星期了。我跟他走不走，他只问了我一次，如果他真的要我跟他走，他应该再问一次。大概他不要我跟他走。也许他知道他父亲的家和他母亲的家以及他的部落都反对他带个芬兰老婆回家？也许他在想办法说服他们？也许他们反对而他不想回来了？也许他们正在为我和他准备婚礼，一等准备就绪，他也许会回来给我个惊喜？——如果他们不同意，我就不上他们家的门。我不会强迫他们接受我的。我不想再来一个不喜欢我的婆婆。如果我不配上他们那儿，那么我待在这儿就行了。

玛丽亚设法安慰自己。不过，晚上她的眼睛在流泪，早晨她的心情也并不愉快。夜里，她多么想用双臂紧紧搂住她心上人的脖子啊！

他是不是除了在急流小岛上度过的那个夜晚外就不再想我了？他带着我走是不是只是因为我说过如果他不带我走我就要跳入急流？是不是我把自己强加在他的身上了？不过，他想哪里把我打发走，他都是可以这样做的啊！他只要说一声就可以了。他用不着一直把我带到这儿。现在他仍然可以把我送回去。

他为什么要把我铺在船上的树叶扯掉？他为什么看上去如此不满意？他是谁？关于他我知道些什么？我只见了他一天，我就跟着他私奔了。

不，不——他不是这样的人——他不是，他不是。我是傻瓜，我是坏人——他是好人——我坏，他——他不坏！

传来了一阵脚步声。玛丽亚冲到门口，走到室外之前，她已经悔恨刚才的想法。

可是，来人不是谢美嘎，而是一个浑身湿淋淋的老者。他抖了一下身子，把他穿的生牛皮大衣上的雨水抖掉。

"这儿好像有人。"他说着弯腰走进屋子。

"你是谁？你好像不是这里的人。"

"你怎么知道？"

"你说话的口音。"

"你也不是这里的人。"

玛丽亚请他坐下，在他面前放了一碗汤。他们坐在长桌的两头，一句话也不说。

"我来看看我这个冬天小屋。"喝汤喝了一会儿后，老人说。

"你冬天住在这儿？"

"这个小屋和萨乌那是我盖的。我看见小屋冒烟，所以过来看看，不过我很少到这儿来。"

"那你夏天为什么不住在这儿？"

"他们夏天来捕鱼或者干其他的事就住在这个小屋里。夏天我总是搬到湖的另一边去住，那里我有一个木棚。"

"要是我早知道，我就会拜访你的。"

"那就太好啦！"

"你在这儿干什么工作？"

"我照看他们的渔网。"

"那你怎么会到这里来的？"

"他们把我的房子烧了后，就把我和其他东西一起带到这儿。"

"是谁干的？是不是很早以前的事？"

"老谢美嘎，就是这个谢美嘎的父亲和他手下的人。"

"不过，如果你想逃走，你早就可以逃走了。"

"许多年前我走过一次——我又回来了。"

"那为什么？"

"我家里的人全都死了，而这儿能捕到更多的鱼。"

"你是不是靠捕鱼生活？"

"只要能生活，干什么都一样。"

"你大概还记得回家的路吧？"

"我也许还记得。如果天气晴朗，从这儿能看见芬兰那边最后的山头。"

"能看见吗？"

"从那座山就能看见芬兰的山头，"老者向那座山点了一下头，"至少你能看见垦荒烧林时冒出来的烟火。"

"能看到拉雅山吗？"

"大概也能看到。"

"我是从拉雅山下来的。"

"真的吗？"

"你到过那里吗？"

"没有。"

"你去过谢美嘎的家吗？"

"我到那里去取过渔网、钓鱼线等等。我给全村的人织补渔网。"

"他们家是什么样的？"

"哪里？"

"谢美嘎的大宅院。"

"那儿的村子很大，跟城市一样大——他们是这样说的，城市我没有看见过。谢美嘎的宅院是最大的，跟别的宅院有一点儿距离。他们没有耕地，也没有牲畜，只有几头奶牛，供他们家享用。他们做生意，搜寻林子，抢劫货物，随机应变干他们能干的，他们就是靠这些生活。然而，他们生活得很好，吃得好，喝得好，他们很富有。儿子出外做生意，母亲料理家务，对她家手下的女人发号施令。"

"老谢美嘎还活着吗？"

"不，他死了——这个人很坏，很残忍，是个吝啬鬼。活着的时候干了很多坏事。"

"老主妇这个人怎么样？"

"人很好，当你送去鱼和猎物时，她总是把你的树皮筐子装满面粉，把你的背囊塞满面包，满得连背包带都系不上。"

"儿子呢？"

"既然你是跟他一起来的，你大概知道得比我清楚。"

"冬天你可以跟我做伴吗？"

"难道你不去他的村子？"

"我不知道。"

"他们从来也不会在这儿过冬。"

"他们是谁？"

老者没有回答，只是说：

"我是来看看，他回来了没有。"

"谢美嘎？"

"是的。老主妇是不是送东西来了？"

"她对你很好，对吗？"

"她对谁都好，她也会对你好的，你不用害怕。"

"我很快就会到你住的木棚去看看——最好是怎么走？"

"你朝着那棵大松树划就行了——你用不着看别的路标。"

老者划着船慢吞吞地走了。玛丽亚独自留在湖边，心里充满了思念之情。

第二天，当玛丽亚从急流划船回到她的小屋时，她看见岸边还有一条船，她高兴得怔住了，以为谢美嘎终于回来了，但是从屋里朝着她跑过来的却是三个女人。她们一边嬉笑，一边奔向湖边。

"她来了，她来了！"当她们来到她的跟前时，说："啊，就是你？"

"姑娘们，你们这是什么意思？"玛丽亚问道。

"你就是我们家新的女主人，对吗？"

"你们是谁？"

"我们是谢美嘎家的人。我们来看看，听说谢美嘎又带来了一个姑娘，我们等不及了。我们想他也许终于找到了一个新的女主人。这个人是你，对吗？"

"我可不知道。"

"争得谢美嘎的是你，对吗？"

"真的吗？这点我怀疑，因为我很长时间没有见到他了，很长时间没有听到他的消息了。"

"他很快就会回来的，他是到另一个村子参加庆典去了。啊，他有很多应酬，很多朋友，他要到处活动，不可能老待在一个地方——因此我们来看你了——老主妇派我们来的——你说，你是谁？你是哪里人？他怎么把你带到这儿的？强行带你到这儿的，还是你心甘情愿来的？"

玛丽亚根本插不上嘴，因为她们连珠炮似的向她提出问题。

"噢，你就是长得这样！你长得很漂亮。我们担心，不知道你长得怎么样，因为他对他母亲都没有说起过你。不过，你会对我们好，你肯定会对我们好，对吗？"

"你们是他们家的女仆吗？"

她们三人互相对视了一下，然后就哈哈大笑起来。

"安雅，你说！"

"喔，我们现在是女仆。"

"不过，我们并不一直是女仆。"

大家静默了一会儿：她们看着玛丽亚，玛丽亚看着她们。

"哎哟，我们多么想有个新的女主人啊！"安雅又开始说话。她是个身段苗条、性格温柔的女孩子。"我们原来的女主人是不错的，但是年轻、快活的女主人当然更好。噢，那是个大宅院，我们人很多。我们会把你好好捧在手里，你吩咐我们做什么我们就做什么，只要你对我们的工作感到满意就行了。当老主妇见到你后，她一定会很乐意让你来接管一切。你看起来就像个女主人，你看起来很能干，你的一双手很灵巧，也许这就是谢美嘎看上你的原因。老主妇很快就会把钥匙交给你的。她对我们说：'快去看看，他带来了个什么样的女人，然后快回来告诉我。如果谢美嘎终于找到了他心爱的人，那我会很高兴的。'你说呀，告诉我们——"

"可是我插不上嘴，"玛丽亚笑着说，"我要告诉你们什么？"

"告诉我们你是谁，你父亲的房子大吗？你叫什么名字？"

"我叫玛丽亚。"

"哎哟，这真是个好名字！哎哟，你的眼睛多么真诚啊！你的个子很高，身材修长——你很丰满——你就是他一直在寻找但在这个国家里没有找到的这种女人。当他在我们面前夸你时曾经这样说过：'你们根本不能跟她比。'我们的确不能跟你比，我们也不想跟你比。"

"现在让她说吧！"

"你说吧，玛丽亚！"

"我该说什么呢？"

"谈谈你老家的情况。"

"我没有老家。"

"哦，那你是孤儿？你现在有家吗？"

"我曾经有过。"

"现在没有了？是不是被烧掉了？"

"没有被烧掉。既然我出走了，我的家也就不存在了。"

"你是自愿走的吗？"

"我一直想离开那里。"

"你的家大吗？"

"我的家很普通，五头奶牛和一匹马。"

"你从这样的家里出走？"

"你甘心情愿抛弃这样的家？"

"你的父亲和母亲呢？"

"她既然是孤儿就没有父亲和母亲。"

"你自己一个人管理这个家？也许你有兄弟？"

"我没有兄弟，但我有个丈夫，年龄比我大得很多，差不多可以做我的父亲。"

"你是寡妇吗？"

"不是。"

"你的丈夫还活着？"

"他还活着。"

这几个女人听了后大惊失色。她们身子前倾，眼睛瞪着看玛丽亚，开始一句话都说不出来。后来又有人问："你的丈夫还活着？"

"你不是处女？"

"嘻——嘻——"

她们都吹起口哨来，接着又严肃起来，几乎变得很悲痛。

"谢美嘎还没有给我们带来女主人。哎哟，天哪！"

"他只带来了一个夏日女友。"

"就像以前那样。"

"我们这里的牧师是不会给有丈夫的女子主持结婚礼的。他不会的，他不会的！"

"老主妇是不会把钥匙交给没有正式结婚的人。"

"她不会的，她绝不会的。"

"她会把你变成像我们这样的人，也就是女奴。"

"像你们这样的人？"

"他起先也是把我们带到这儿，每次一个，夏天把我们关在这儿，秋天就把我们送给母亲当女奴。"

"好，你有家，有丈夫——你自己的家，你自己的丈夫，还有奶牛——你到这儿来当奴隶？你真不可思议！"

她们悲痛得左右摇摆，安雅的眼睛噙满了泪水。

"天哪！可怜的谢美嘎，难道他还没有找到合适的人？"

"他已经有了像你这样的，像我们这样的女人。"

"他已经有了满满一屋子的人！"

"满满一屋子像我们这样的女人！要是他能找到合适的人，谢美嘎就会开始新的生活。他就会待在家里，冬天就不会从一个集市赶到另一个集市，夏天就不会从一个派对赶到另一个派对。"

"他们家有很多像你们这样的人吗？"

"让我算一下那里有几个像我们这样的人——五个。"

"你是第六个。"

"我绝不去他们的家！"玛丽亚纠正她说。

"你不来？你会来的，你会来的！你没有别的地方可去。老主妇会像对待我们那样对待你的。"

湖面上传来了男人讲话的声音和划船时船桨发出的嘎吱嘎吱的声音。

"谢美嘎和他的船员回来了！"

"赶快走！如果我们留在这儿，他会把我们赏给他的船员的！"

"这儿是干粮以及其他的东西，是他母亲给你的，芬兰的玛丽亚，你拿着吧！——这一小包是给老渔夫马特的。"

她们把两个背囊往地板上一扔，急匆匆地冲了出去。这帮男人还没有走进院子之前，她们就已经从房子后面跑掉了。

第 9 章

从湖岸传来了男人的声音，笑声，争吵声，接着又是笑声。谢美嘎出现了，他好像朝着院子走来，其他人紧随其后。玛丽亚坐在厅堂里的长凳上，没有走出去迎接他。

"喂，玛丽亚，你好！"她听见谢美嘎在大声喊叫，"女主人在哪儿？"

谢美嘎颇为困难地跨过了门槛。

"瞧，她在这儿！你为什么不来接我们？那些背囊是怎么回事儿？"

他的眼睛混浊不清，脚趾比平时更为内向。

"我不知道，"玛丽亚说，并且想从他身边走过，然后走出去，"你以前的姑娘拿来的。"

"那么，背囊里有我们吃的东西喽！哈哈，现在不用发愁啦。谢美嘎的姑娘给我们带来吃的和喝的啦。嘿，弟兄们，请进来！请进来看看，她在这儿！"

他一把搂住了玛丽亚的脖子，而且紧紧搂住不放手。年轻小伙子在大门前面站成了一个半圆形的圈子。玛丽亚拼命挣扎。

玛丽亚怎么挣扎也没有用。

"把她抛起来，把她抛起来！她是我的新的女人！"

大家抓住了玛丽亚，并且把她抛向空中。玛丽亚被抛了两次后，强行低着脑袋从这帮人的胳膊下钻了出来，摆脱这个包围圈后，逃到了小屋的后面。这帮人一股臭酒味儿，很明显，他们喝酒已经喝了好几天了。她感到他们的手碰到她身上就像用火烧她似的，就像每碰一次都会留下污渍似的。她觉得这帮人很恶心，是另一个种族的人，她对于他们就像林中的动物对于牲畜栏里的牲畜，活泼可爱的梅花鹿对于浑身粪尿味的母牛。

他竟然把她扔到这帮人的怀里算是欢迎她呢！

谢美嘎跟在她的后面。

"玛丽亚，你别走！让咱们痛痛快快玩一玩儿！你想我了吗？"

"别管我！"

"你瞧，我早点儿走不开。萨乌那烧热了吗？"

"自从你走了以后，萨乌那每天晚上都是热的。"

"我早点儿脱身不了。你不要介意，来，快把母亲送来的饭菜摆到桌子上。"

"你自己也知道应该怎么做。"

谢美嘎的眼睛突然一亮："应该你来干！"

"真的吗？"

"是的。我们现在去洗澡，而你应该煮茶烧饭，把所有东西都准备好。"

他是用对待奴仆的口气对她说这番话的，接着他就走了。玛丽亚听他的话，打开背囊，把吃的东西都拿出来放在桌上，把茶煮开，然后把茶放在炉灶旁的搁板上。当她听见这帮男人洗完澡走回来时，她就站起来走到小屋后面，然而，通过房后开着的百叶窗，她仍能听见他们说的话。

"你的女人去哪儿啦？她为什么不来给我们倒茶？"有人问道。

"别去管她，"谢美嘎回答说，"她还有点儿害羞。芬兰女孩儿，她们都是有点儿羞怯。"

"我觉得这个姑娘一点儿都不好看。"另一个人说。

"她的身材不错。"

"可是她的眼睛很阴郁。"

"你以前的女人比她好。"

"谁？"

"连安雅都比她好。"

他们不停地说话，有时喝上几口。接着谢美嘎说：

"这个女人到底有什么不好的？"

"她有多大年纪啦？"

"只要她其他方面都不错，她的年龄没有关系。"

"她其他方面好吗？"

"当她第一次紧抱我时，我吓得要死。"

"我不喜欢野性十足的女人，我喜欢轻声温柔的女人。"

"我有时喜欢这一类的，有时喜欢那一类的。"谢美嘎说，嘴里还吃着东西，"有时我要处女，有时我不要处女；有时我要火辣辣的，有时我要文静的。老是同一类我很快就会腻烦的。"

"你哪一次是玩腻后才又找一个的？"

谢美嘎没有答话。这是另一个人的声音。

"他是每个夏天一个。"

"我有时两个夏天一个。"现在谢美嘎说。

"你在这个小屋里睡过多少个女人？"

"我并没有在木墙上每一个都刻上一个记号。"

"不管你用什么方法迷住她们，你总能把她们搞到手。她们就像雏鸡一听见哨声就会跑过来那样飞到你的身边。"

"你用歌声迷惑女人，但只有一首歌可以迷惑她们：赞扬她们美貌的歌曲。这首歌总能产生影响，因为每当我用这首歌诱惑一个女人时，她就会神魂颠倒，瘫倒在我的身旁。老的曲调，但新的歌词。祝你们身体健康，弟兄们！"

"如果你找到一个永久的，谢美嘎，那你就可以安顿下来。为什么老是东奔西跑的？"一个年龄较大的人说，"你像收集垃圾那样把她们都搁在家里，把家里塞得满满的。然后，你放她们到院子里到处乱跑，你就不知道该把她们放到什么地方喽。"

"难道我不对她们负责吗？难道我不照顾她们吗？"

"你照顾她们，你当然照顾她们。"

"那你还要说什么呢？"

"不过，我想说的是，你带来的这个女人来得太近，几乎就是邻居。拉雅山尤哈·卡拉呼宁是我们的老朋友。你给我们毁掉了一个很好的歇脚的地方。以后，我们的船怎么经过那里呢？从现在起，这事儿将会引起很多麻烦和争吵。不过，谢美嘎玩的把戏中这并不是第一桩。卡拉呼宁是个大家族，从此一定会引起纠纷。你最好还是把这个美人用船送回去，送她到她家的湖边。"

"你还应该说声谢谢，谢谢他们借给你这个女人。"

"你应该问一问租金是多少。"

"说真的，为了避免纠纷，你应该这样做。"

"如果引起纠纷，那就引起纠纷吧。"谢美嘎漫不经心地说，"这样我们还可以得到嫁妆。"

"哪里还有什么值得拿的东西？"

"那里有满满一仓库的麦子，牲畜嘛，有一群鹿。老头子是个勤劳的垦荒者，出色的伐木工！"

"老头子？你想把他作为嫁妆也抓来？"

"为什么不行？"

"我——我可不干！你真是不可思议，谢美嘎！"

"这样的劳工我们以前从边界那边也抓来过。"

"天哪，谢美嘎，天哪！"

"也许老头子还愿意来哪，因为这样可以要回他的老婆。"

"还不能给他，等我找到新的后再说。"

"新的？天哪，谢美嘎！"

他们面对着面，捧腹大笑。

"喂，玛丽亚，茶喝完了！"谢美嘎喊道。

但是，玛丽亚却逃向屋后的树林里，她玩儿命地跑，一直跑到累倒在地为止。他毁谤她，嘲笑她，污辱她，好像她是头集市上的野兽，在这帮酒鬼面前把她剥得精光，供他们观看。我能去哪里呢？我怎么才能摆脱他们的魔爪？回家，我要回家！啊，上帝保佑！我怎么会掉进这个火坑的呀？！要是他们真的去抓人烧房子，把尤哈抓到这儿来，那怎么办呢？——她沿着山坡往上爬，穿过乱石树丛，越爬越高。她爬得很高，终于能看到山下雾茫茫的一片。她再往上爬，她看见了西边远方的山头。那里有一个山头上有个凹痕，这是不是她家乡的山？可是，那座山却远在沼泽地、水洼地和大片林地的那边。我根本不知道路怎么走，而且那么远我也走不动。即使我走到那里，我在那里现在还会有什么呢？

她越走越远，到了山的另一边。她累死了，坐下来，哭着哭着就睡着了。

当她回到小屋时，前半夜已经过去了。这帮人好像已经走了，因为听不见任何声音，他们停靠在岸边的船也不见了。当她走近时，她听见厅堂里有人在打呼噜。谢美嘎正横着躺在炉灶旁百叶窗下方的床上。玛丽亚把头伸回来，关上百叶窗。接着她就绕着墙角走到大门跟前，也把大门关上——我要不要把门从外面撑住？这样可以把门顶上，谁也无法独自从里面出来。这样就可以像陷阱一样把他关在里面，就可以像烧荒时把老鼠烧死在窝里那样把他烧死。但是，转眼之间，她又把大门打开，飞快地奔向湖边，以便从脑海里驱除这种可怕的想法。

老渔夫坐在船上正在芦苇塘里钓鱼。玛丽亚叫他上岸，为了减轻心理负担，她把发生的一切都告诉了老者。

"你知道他每个夏天都有一个新的女孩子，但是你不跟我说。"

"你并没有问我啊！"

"我不知道，怎么会问呢？！"

"不错，他一直有这样的女人。几乎每个夏天他都有一个新的，有时候同一个女人他带来过两次。"

"尽管她们中间还有别的人，但她们仍然还来，对吗？"

"那些女孩子能博得他的欢心都很高兴。"

"让我上你的船，把我从这儿带走吧！"玛丽亚苦苦哀求。

"我不能带你走，我不敢跟他们争斗。你还是回去吧！当他醒来后，你要乖乖地对待他。这是对你有好处的，其他的女孩子也是这样做的。"

"但是我不会这样做！"

"不过，你最好还是这样做。"

老渔夫划着船走了。玛丽亚又回到院子里。

"玛丽亚！"她听见谢美嘎在厅堂里大声喊叫，"玛丽盖达！你在哪里啊？快来，快来，我的小玛丽亚！"

这是哄人、抚慰人的口气，就像呼唤一条狗似的。玛丽亚并没有从她坐的地方挪动。一会儿，谢美嘎出现在门边。

"嘿，你为什么不过来？你刚才上哪儿啦？你去什么地方啦？"

玛丽亚不回答。当谢美嘎朝她走来时，她站了起来。谢美嘎走到了她的跟前。

"别管我！"玛丽亚厉声地说。

谢美嘎伸出手去碰玛丽亚，但她却使劲推他，推得他来回晃动。

"这是怎么回事？"谢美嘎生气地说，一把抓住了她的手腕。

"你们说的话我都听见了！放开我！你在这儿每个夏天都有一个新的女孩子！"

"你以为你是第一个？"

"明年夏天你又要带一个新的来，对吗？"

"你以为你是最后一个？"

"那你为什么要把我带到这儿来？"

"是我带你来的吗？难道不是你自己来的吗？难道不是你自己投入我的怀抱的吗？"

玛丽亚的反抗崩溃了。谢美嘎放了她的手，她就瘫坐在石头上。

"我该怎么办呢？"她哭着说。

"母亲会像对待其他人一样好好接待你的。"

"我绝不去你以前的女人现在待着的地方。"玛丽亚一边说，一边跳了起来。

"如果是这样，那我没有别的办法，只得用马车送你回家了。"

"难道我要带着你的孩子去见尤哈吗？"

"你怀孕了？"

"是的，我怀孕了。"

谢美嘎苦笑了一下。

"你就对他说，这是他的。"

"我不能这样说。"

"为什么？"

"我就是不能这样说！"玛丽亚越来越激动。

"那么你就说，这是我的。他听了也许会很高兴。我把这个孩子作为礼物送给他。"

"你把你亲生的孩子送给他？"

"我有孩子可以给别人，我把我的孩子也给过别人。我甚至连他们的母亲一起送给别人——玛丽亚，你别走！我不是这个意思。如果你不想走，那你就用不着走。我也许会让你当女主人。别瞪着眼看我，好像要咬我似的。来吧，玛丽亚，如果是个男孩，我要把你的孩子培养成堂堂正正的男子汉。让他跟别的孩子在一个组里一起跑——那里会给他足够的空间。你别这样，玛丽亚，让我们重归于好，别为此而烦恼。玛丽亚，你听着，我觉得你比其他人好——比她们好，比她们漂亮——"

谢美嘎企图靠近玛丽亚，他那对仍然疲劳的眼睛射出了甜蜜的目光，前额发黑，红红的嘴唇上还存有酒醉后留下的痕迹。但是，玛丽亚却先往后一退，然后就停住了。

"你的那首歌不可能第二次把我迷住了！不可能，你这个脚趾内向的。让你吹嘘，说什么我紧紧抱着你，勒得你快要死了——蠢驴，我不会让你把我的孩子放到你们那一群孩子中去的。别碰我！"

"生气吧，玛丽亚，生气再生得厉害一些。你越生气越好看。"

此时，玛丽亚想起人家曾经说过，对付袭击者必须打他的心脏下部。——谢美嘎大叫一声，接着破口大骂，而玛丽亚则往后一仰，昏厥了过去。

第 10 章

尤哈相信玛丽亚是自愿走的，但他老是这样想是无法活下去的。白天他相信玛丽亚是自愿走的，那时候他没命地干活儿，有时在农田里耕种，有时在山上垦荒，有时在牧草地里刈草。他如此拼死拼活地干，连他自己都对劳动成果感到惊讶。但是，接着他感到疲惫，对工作感到腻烦，一连好几天他都不想看看自己干了些什么，因为那棵倒下的树是在他对玛丽亚一气之下砍倒的，那块被挪动的石头也是在他对玛丽亚怒气冲冲之下推动的。于是，他就换个地方，干另一种活儿——不管他相信还是不相信，也许这是真的，因为卡依莎是亲眼看见的，因为玛丽亚曾经这样威胁过，另外，不把船闹翻也许是不可能把她强行拖上船的。她对我是如此心狠手辣。不过，另一方面，不管她多么恨我，难道像她这样一个有着正常理智、头脑清新的人会抛弃专门为她盖的而自己也参加盖的这个自己的家吗？难道她会跟着陌生人，敌人，甚至是死敌，奔向一个未知的目的地吗？她怎么可能如此糊涂呢？她不可能是甘心情愿走的，她一定是被强行带走的。

然而，不管她是怎么走的，她也许是一气之下走的，也许是鬼迷心窍了，但她现在是后悔了，一定是后悔了。现在她在急流下方某一个地方，但无法脱身。如果起先她是自愿走的，那么现在她就得被强行带走了。她还会回来的，无论如何她自己会想办法回来的。解冻的时候，她不可能越过广阔的湖面，穿过汹涌的急流从那儿回来的。他们也许可能像迫害时期对待囚犯那样把她的眼睛蒙住，然后带着她走很长很长的路。只有在冬天她可以穿上雪鞋，朝着太阳下山的方向直线滑行。也许她在夏天就已经尝试过了，但是迷失方向，体力耗尽，最后一命呜呼。也许他们带着猎狗进行追捕，并且把她抓住了。

也许她压根儿就没有离开那里。她在自己的国家生活得很愉快。也许她喜欢那里，并不想回家。她在这儿的确很孤独，我又无法给她提供乐趣。只有当客人来访时，她才歌声不断，笑声朗朗，步履轻快。

尤哈又拼命地干了起来。他上山砍树，像砍树苗那样猛砍。从山上他可以看到广袤无垠的荒原，边界另一端的山丘。她就在这些山丘的后面，在别人的房子里，在别人的庭院里走动。不管她是自愿走的还是被迫走的，她就在那里。但是她在哪儿呢？

　　她走了，她永远走了。即使我找到她，她也不会回来的。母亲就是这样说的。如果她不愿意回来，我可不能强行把她拖上船。对付他们这帮人，我单枪匹马也是无能为力的。即使我能把这只野狼杀死，并且看到我的老婆还活着，那么她也不是我可以用铁链牵回家的那样的野兽或者狗。过去她不愿意被你驯服，现在可更不愿意啦——此时，尤哈又感到极度的疲劳，疲劳得险些走不回家了。他一连好几天坐在长凳上，双手托着脑袋，或者光着脑袋，光着脚，在院子里转悠，眼睛里没有一点儿表情，下巴没精打采地耷拉着。

　　圣诞节过后，他从疲劳中恢复了过来，可以去教区教长那里交付什一税，此时教长正在离教堂还有一半路程的教区学校里主持教义讲习班。也许他可以搞清楚一些东西，也许教长知道一些情况。不管情况怎么样，他只要知道情况就好了。于是，尤哈再次去请曾给他们证婚，祝他们幸福的教区教长。

　　二月的早晨，天气寒冷，天空还布满着星星。教长坐在装满粮食的雪车前面，从他主持教义讲习班的学校庭院里驶了过来。当他刚到结了冰的湖面时，他突然听到有人跳上雪车的滑橇。

　　"是谁？"

　　"是我。"

　　"瞧，是尤哈。情况——怎么样？在学校里我就想问问你，可是你不见了。"

　　"我在这儿等着你——情况仍然如此。"尤哈说。

　　"哦，情况还是这样。她没有回来？"

　　"她不可能回来了。他们说她是自愿走的。"

尤哈一边说，一边跟在雪车旁慢跑，有时候跳上滑橇滑行。他把女仆看到的和他母亲说的都告诉了教长：玛丽亚不是被迫走的，她是自愿走的。

尤哈等啊等，希望教长鞭子一挥说道：这都是老太婆多嘴多舌。她不是自愿走的。

但是教长什么也不说。"哦，她是自愿走的？难道情况是这样吗？"他主婚时看见他们站在前面，一个老头子，一个年轻女子。他记得他是如何把他们——互相比较的，他想了想，又疑虑了一阵，但是最终还是决定："也许是这样！——不过，既然我们的婚姻是幸福的，那他们为什么就会不幸福呢？"

"当你祝福我们时，"尤哈一边在冰雪上跑，一边气喘吁吁地说，"我一直在想，如果你不相信，你就不会这样做的——你从她的眼睛当然可以看出她是怎么样的一个人。"

教长并不真正理解尤哈的意思。

"你这是什么意思？"

"我指的是，如果你怀疑她会这样做，你就不会握住她的手——我的意思是，哦，我想，你觉得她会这样做吗？也许，也许她会这样做，因为她是个俄国女人。"

"哦，说得对，她是个俄国女人。"

"她是个俄国女人，她是从那里来的。也许她的血缘召唤她回去？但是，她是不是一定要——"

"是的，这可能跟她的血缘有关——我是说可能有关，不是说就是有关。"

"对，与血缘有关，与血缘有关。肯定是这样。她也没有别的办法。"

"因为我不知道，所以我不好说——我只是猜测而已。"

尤哈跟在雪车后面走，他不再用手抓住雪车了——因为教长大概也是这样认为，所以情况也许就是如此。

"我还有一件事——如果我能跟你谈的话。"

"那你就坐到这儿雪车边上来吧！"

"我这样就可以。问题是——上帝这样安排是什么意思？我的意思是，上帝为什么要这样惩罚我？"

"尤哈，你认为这是对你的一种惩罚吗？"

"噢，是的——这使我痛心，就好像有两把刀子插在我的心窝似的。为什么上帝要这样做？"

"也许因为你爱她超过你爱上帝。"

"由于我更爱她——所以我爱上帝就不够，对吗？"尤哈几乎发火了，"我爱上帝不够吗？我亲爱的教长。我并没有减少我对上帝的爱，相反，我更加热爱上帝！"

"你更加热爱上帝？"

"是的，这是千真万确的——上帝赐予我这样的幸福，给了我这样一个年轻可爱的人做我的妻子，我是多么感谢上帝，多么颂扬上帝啊！"

"不错，妻子是上帝赐予我们的礼物。"

"是的，而且这个女子又是多么温情，多么可爱——当她想这样表现时。"

"不过，你还是不应该用眼睛看着她，你也不应该为此而高兴。"

"但是，我看了，我高兴了。我可以毫不害羞地说：现在我非常想念她，这种思念把我折磨得够呛啊！"

"一个妻子的节操并不表现在这个方面。"

"表现在哪个方面？"

"表现在她的贞洁和技能方面。"

"她是纯洁的，她很纯洁，甚至太纯洁了。另一方面，她是心灵手巧，非常能干。你是很明白的——你也有一个年轻的妻子——你不应该批评我！"

尤哈从滑橇上跳了下来，独自站在广阔无垠的湖面上。他又受到了冤枉。不，不是他，而是玛丽亚。连教长都相信她是自愿走的。我为什么来找他谈呢？我为什么对他说这是与她的血缘，俄国人的血缘有关呢？不过，是他给我们主婚的，是他拉住我们的手祝福我们的。然而，也许他祝福我们是口头上的，不是真心的！他一定是口是心非。他怎么会知道玛丽亚是自愿走的？难道就是因为她是个俄国女人？母亲事先跟他说过，也许给他过一筐礼物叫他这样说的。但是，玛丽亚不是自愿走的，她是被强行抢走的！

"玛丽亚不是自愿走的！"回家后尤哈突然碰上他的母亲时说，"一句话也不要说，不要开口。否则，我就——"

"噢，她不是自愿走的？"

"不是！"

"那就很好。"

"是呀，是呀！"

"教长是这样说的吗？"

"是的。"

后来几天，尤哈干得比往常还来劲儿。他刈草劈柴，把院子里的木棚塞满了牧草，在仓库里放了一大堆木柴。有一天早晨，当母亲起床后，她发现尤哈不见了。从他的雪鞋留下的足迹来看，她也辨别不出他到底去了哪里。

第 11 章

玛丽亚坐在萨乌那屋里的长凳上，手里织着袜子，一只脚踏着摇篮。木墙外面，地上的积雪发出嘎吱嘎吱的声音，有人从百叶窗下走过。一会儿房门开启，一个胖乎乎的老妇从门里挤了进来。

"到厅堂去吃饭，玛丽亚。你吃饭时，让我来摇摇篮。"

玛丽亚一声不吭。

"跟其他人一起吃饭要热闹些。"

"我愿意在这儿吃。"

"哦，到目前为止，他们一直是把饭送到这儿的，安雅会送来的——但是，你还是去厅堂吧。你干吗不去呢？"

"我已经对你说过了。"

"你还是那样傲气，那样狠心。但是，我的好朋友，你别这样伤你的心啦！你这样做，你的奶水会变酸，你的孩子就会哭闹。"

"这不是他哭闹的原因。"

"你可以听到他整夜哭闹。"

"如果他哭，他是哭着要爸爸。"

"他不会哭很长时间了，谢美嘎不久就要回来啦。"

"让他永远不要回来！"

"你责怪他是毫无道理的，你生我们的气也是毫无道理的。如果你不是别人的妻子，我们早就让你做我的儿媳妇啦！"

"你为什么老说这个？我永远也不想做你的儿媳妇。"

"那你干吗跟他走呢？"

"我太愚蠢了。"

"否则，你就跟我们不配。你瞧，来谢美嘎家当女主人的人必须是名门闺秀。她从娘家来这里时必须是个处女，或者是花大笔钱从她父亲那里买来的。她必须是来自著名的门第，不是那种水上运来的或者岸边抢来的人。哎哟，我亲爱的，她必须是腰缠万贯。我本人是出身名门，我父亲和母亲都是有名望的家族。在卡累利亚，我们是赫赫有名的部落，在打仗和做生意方面都是如此。父亲临终时说：'不能让儿子娶一个门第比他低下的妻子。'谢美嘎的妻子必须是年轻的。即使你其他方面都合适，但你的年龄也太大，不能成为他真正的妻子。你的额头上已经有皱纹，你的嘴巴周围已经有苦涩的线条。对于这些东西，你自己还不知道，你在泉水里还看不到。"

"我还没有看过呢。"

"那你知道得就更少了。"

"即使我看到了，我也不在乎。"

"你将越来越老，因为你给你的孩子喂奶。不，谢美嘎家的人不喜欢年龄大的女人，她们必须是年轻的处女——他的父亲当时也是这样。"

"你觉得你当时就是这样一个女人吗？"

"开头三年，他父亲对别的女人碰都不碰。当我被推倒在他的雪车上时，我是16岁，年轻又漂亮。只有当我喂奶时他才包养夏日女友。这没有什么问题——我从他身上得到的已经够多的啦。"

"你可不能这样说，我的好主人。"

"我并不老是需要他。我很愿意把他送给没有自己男人的女人。这样一来，他对我就更好，更亲热。要是我像你这样对待谢美嘎，他早就像抛弃你那样把我抛弃了，他连看都不会看我。但是，当我让他为所欲为后，他就尊重我，从来也不把这样的女人带来跟我同桌吃饭。她们也不想挤进来。她们能在灶旁的角落里吃自己碗里的饭也就心满意足了。对夏日女友来说，不管给她们什么，不管用什么方式给她们，她们都应该感到满意。她们是女奴，常常是在战争中俘虏的。很多人给她们吃比较差的东西，而我以前总是给她们吃跟我一样的东西。我现在仍然是如此。而你总是发脾气，如果我们让你在那个岛上的小屋里发脾气，不把你带到这儿来，你是知道情况会是怎么样的。尽管如此，我从来也没有听到你说过一句感谢的话。难道所有芬兰女人都是这样的？走，亲爱的，快去吃饭，否则饭要凉了。如果你高高兴兴地吃，你的孩子也会长胖的。瞧，他醒了！啦——啦——啦——他的眼睛就像他父亲的眼睛。啦——啦——啦——埃脱，埃脱，来，奶奶抱你。没错，有朝一日你也会成为一个拎着箱子的商人！"

玛丽亚一下扑倒在长凳上，绝望地、毫无控制地哭了起来。

"你又来这一套啦！别哭！你怎么啦？快说，是不是还缺什么东西？你这一套我实在看不下去。听说你是自愿来的，既然如此，那你为什么要走呢？哎哟哟，可怜的孩子，你哭得多么伤心呀！好吧，我还有别的事。你这一套我实在听不下去了。天哪！你就待在这儿吧！你需要什么，我让安雅给你送来。"

老妇急匆匆地走了。玛丽亚也慢慢地平静下来，给孩子喂奶，然后坐下来摇摇篮。

他父亲也是这样的人，玛丽亚心里想。我的儿子将来是不是也是这样？她下定了决心：

"他不会这样！——这个孩子不会成为他父亲的雇工！我一定要保证他不会成为他父亲的雇工。不管发生什么事，不管我的下场如何，我们绝不能待在这儿。"

她打开百叶窗，挪到窗边，继续织袜子。为了不跟别的人一起住在主楼里，她要求住在旧的萨乌那屋里。这座萨乌那屋坐落在山坡脚下的湖边，跟别的楼房是分开的。主楼包括堂屋、马厩和牛棚，它们是连在一起的，在同一个屋顶下面，而且在高高的山坡上面。这些房子并不像谢美嘎吹嘘的那样华丽。看起来已经年久失修。那里进进出出的人很多，但都是女的。有年老的，有年轻的。有的在这座房子里，有的在那座房子里。在这儿，她们好像什么活儿都干，除了女人的活儿也包括男人的活儿。她们用雪橇从湖里取水，把库房里的牧草沿着雪地运到谁知道有多远的地方。这就是谢美嘎说的卡累利亚人所过的幸福生活！此时，她们正在从湖边把一个巨大的洗衣盆使劲地拖回来，因为男人把所有的马都牵走了。她们是奴隶，有的是被骗来的，有的是被强行抓来的。但是，我绝不去拖她们的洗衣盆。黄昏降临的时候，房门打开了，一个身材纤细、面庞瘦长、脸色苍白的女人悄悄地溜了进来。她常常晚上来跟她做伴，尽管玛丽亚并没有叫她这样做。当然也没有叫她走开。一般情况下，她们俩都是谈论同样的事情。这个女人坐下来后，眼睛盯着玛丽亚，双手放在膝盖上，眼睛里噙满了同情的泪水。

"别难过，玛丽亚。"

"很奇怪，你怎么不难过，尽管他把你也抛弃了。"

"我不难过。什么时候他需要我，我就会跟他在一起，我就会感到心满意足。当他不要我的时候，我就走，我就给他干活。他会感谢我的。即使他对我感到腻烦，并且跟别的女人在一起，有时候他也会想起我，那时候他就会来找我。"

"你就感到满足？你就让他像对待一条狗那样抚摸你？"

"是的。我就会用双手搂住他的脖子，每次这个时候他会搂着我的腰说：'谁的腰都没有你的腰那样纤细，安雅，谁的吻都没有你的吻那样甜蜜。'"

"他也是这样对我说的。"

"也许他对你也是这样说的，但他只是说说而已，因为你的腰没有我的腰那么细。"

"我的腰并不非要像你的腰那样细。"

"谁埋怨谢美嘎都是白费力气。当他要走的时候，什么东西都阻止不了他。当他要来的时候，什么东西也拦不住他。父亲把我锁在马厩里，亲自坐在门前看着我。他来了，他把我父亲穿过篱笆扔进树林里，然后把马厩的门敲破。哎呀，他有很多年没有照顾我了。他在小岛上的木屋里包养了别的女人，让别人给他烧萨乌那。不过，他让我怀孕生了贝特利，我要替他把这个孩子培养成人。也许他还会让我生第二个孩子，也许他还会把我带到小岛的木屋去，让我带着儿子在沙滩上嬉闹。如果他带你去小岛，请你问他一下，我能不能作为女仆跟着一起去。"

"我绝不会再跟他一起去小岛木屋。即使他跪下来求我，我也不去。"

"如果他高兴得胡言乱语，我并不在乎。即使他打我，我也不在乎。"

"他打过你吗？"

"当然打过。"女仆说，眼睛里闪着光芒，"不过，接着就吻我，哭着求我原谅他。"

"你原谅他啦？"

"他还没有求我，我就原谅他了。"

"难道你不想回击吗？"

"不，不想，我根本不想回击——我知道，他打我，他接着就会后悔的，他会对我好的。我们一起抱头痛哭，然后哈哈大笑。"

有人叫安雅。于是她就悄悄地离开了，但她说她一会儿还要回来。然而，玛丽亚一次又一次地问自己：我怎么会这样就鬼迷心窍啦？那个星期天究竟是什么东西把我搞得神魂颠倒？我到这儿来是追求什么呢？我并没有找到我所追求的东西，但我却得到了不是我所追求的东西。那儿，躺在摇篮里的孩子就是一个永久性的提醒物。他太像他父亲，以至于她都不想看他啦——然而，有一个愿望在她脑海里油然而生，尽管她竭力扼制它，想办法堵住它，都是无济于事——要是这个孩子是尤哈的孩子该多好啊！

不管他长得怎么样，即使是残疾，只要他是尤哈的孩子就好了！但是，他不是尤哈的孩子。好几年前我就闩上了我睡房的门，不让他进来。然而，我却像蝙蝠扑向白色的衣物那样投入外来客的怀抱。瞧，现在我在这儿，陷进了火坑，等着当奴隶。我完全可以在我自己的家，我们共同建造起来的家，以女主人的身份发号施令，而尤哈对我则是唯命是从。那里，现在婆婆在我的地盘上做主，烤面包，喂牛，挤牛奶。母牛在牛栏里对着她哞哞叫，我的纺车为她嘶嘶地旋转，炉灶里的火焰为她猛烈地燃烧，她烤的面包正在桌子上散发出香气。对每个光顾我家的人，她会嘲笑地说："她本来是这儿的女主人，她有个很好的家，很好的丈夫，不用侍候别人，也不用听从别人——我总是这样说，尽管我很难相信她会跟俄国佬私奔。"

"尤哈现在会在干什么？他会在想什么？他仍然认为我是被迫走的或者是自愿走的吗？他也许认为我被淹死了或者是自己故意淹死的。要是他真的这样想，这也许反而会使他好受一些。"

安雅又来了，用她的围裙裹着捧来了热烘烘的馅饼。她好像知道玛丽亚正在想什么，所以一上来就让她谈谈她过去的生活情况。

"你原来的男人是怎么样的？"

"他长得怎么样？他年龄要比我大很多。"

"但他人好，对吗？"

"你怎么知道他人好？"

"我从你说话的口气就可以听出来。"

"他人好，太好了。别的人把我看成是乞丐，都躲着我，而他却关心我，从小就照顾我，甚至摇我睡觉。他来到荒原时，他带着我，开垦山地，并且说：'我是为你而这样做的。'他盖了一座房子，并且说：'这座房子我是给你盖的。'"

"他给你盖了一座房子？"

"他说他不管干什么都是为我而干。"玛丽亚不禁哽咽起来，"我们一起盖的房子，一起饲养牲畜。"

"而你却离开了他？他为你盖了房子，而你却好意思离开他？"

"这个可怜的人太老了，又老又是罗圈腿。"

"即使他有点儿这样，那也没有关系。"

"我不知道，我是不是着了魔啦？有时候我甚至希望他死去，这样我就可以找个更好的男人。"

"你是他唯一的亲人，不是吗？"

玛丽亚由于动情而对自己感到生气，她厉声地说：

"我是他唯一的亲人？为什么我必须是他唯一的亲人？因为他没有别的亲人，所以我必须用手搂住他的脖子，对吗？对我来说，他可以找别的女人，再多都没有关系。哈！哈！也许他很快就会找到一个，他母亲一定会给他找一个的。也许她已经这样做了。"

"你责怪谢美嘎，因为他不满足于拥有一个女人，而你不也是这样吗？——现在我不明白了。"安雅说。

"我也不明白了。"

安雅不说话了，她瞪大眼睛看着玛丽亚，一副不理解的样子。她一声不吭地坐了一会儿，然后逗弄孩子玩了一阵，接着就像来的时候那样静悄悄地走了。

然而，当她独自一人，摇着摇篮到深夜的时候，她更加强烈地感到后悔。我为什么如此羞辱可怜的尤哈呢？我为什么叫他罗圈腿？我为什么叫他驼子？他是不会再找别的女人的。"你是他唯一的亲人，不是吗？"安雅说——是的，就是这样。我离开了那个我是他唯一亲人的人，却投身于那个对他来说我是一钱不值的人。我离开了那个像父亲对待孩子那样关心我、照顾我的人，像父亲对待孤儿那样对待我的人。

父亲？这个字在她脑海里回响。他的确是个父亲。对我来说，他是比父亲还父亲。他几乎满足于像父亲一样对待我。一个老人的确不能再干别的啦。要是我像孩子回到父亲身边那样回到他的身边，要是我像失身的女儿带着孩子回到父亲身边那样回到他的身边，要是我像孩子请求父亲饶恕那样请求他的饶恕，那会怎么样呢？如果他现在出现在我的面前，我会跪下双膝，跪行到他的跟前，哭着恳求他宽恕。我会承认一切错误，而他会饶恕我的。玛丽亚觉得他肯定会饶恕她的。当她在黑乎乎的萨乌那屋里手里抱着孩子的时候，她觉得他肯定会饶恕她的。当她的孩子躺在摇篮里轻轻地呼吸的时候，她强烈地觉得他肯定会饶恕她的。当她走到外面，看着寒冬腊月天空中星光闪闪的时候，当她回到屋里静静地躺下睡觉的时候，她更加强烈地觉得他肯定会饶恕她的。

安雅又坐在她旁边，跟她聊天。安雅老是谈及谢美嘎，大家每天都在等他回来。谁也不知道他什么时候回来，谁也不知道他现在在何方，不过一切都已准备就绪，什么时候回来都行。晚冬的时候，他们穿过鲁依雅和维埃纳地区购买皮货，初春的时候，他们就会回来经过这里，然后再到南方去，这就是他们每年经商的路程。他们在家不会待很长时间，一两天，最多一个星期。那时候，这里就会举行大型的派对和宴请，那时候，所有女人都会穿上最漂亮的衣服。

"玛丽亚，那时候你也要披金戴银。你会这样做吗？"

"我没有丝绸衣服，也没有金银首饰。"

"你会有的。老夫人就像给其他人一样会给你的，她会给所有的人同样的东西。"

"给所有的人同样的东西？"玛丽亚笑着说。

"这样就不会互相妒忌。"

"如果我穿自己的衣服，你们就更不会妒忌我啦。"

"难道你穿这些破烂衣服去参加派对？"

"是的。如果我去的话，我就穿这些衣服。"

"谁也不能穿这样的衣服去参加派对，这会使谢美嘎非常生气。你应该穿得漂漂亮亮的，你的孩子也是如此。谢美嘎坐在厅堂里边的长凳上，一点一点地喝着欢迎他回家的热茶，这时你从门外走进来，手里抱着孩子，并且把孩子抛到他的怀里。"

"我绝不这样做,绝不这样做！"玛丽亚激动地反对这种做法，脸庞变得绯红。

"如果你不按他们说的做，他会非常恼火。"

"我绝不这样做，我也绝不会把这个孩子放在那个男人的膝盖上。"

"那你把他放在什么地方呢？"

"我要离开这儿，我要把他带回家。"

"他们不会让你走的，至少他们不会把孩子给你。你最终还得心软，玛丽亚，当他来的时候，你会心软的。"

"他走的时候，连一声再见都没有说。他要看孩子，就让他到这儿来。"

"你的心肠真狠呀！"

"是的，我就是这样。"

然而，不管玛丽亚怎样想办法，她也无法把谢美嘎从脑海里清除出去。夜间，她想睡也睡不着，她听见狗在叫。这群狗就在山上庄院的院子里，有时彻夜叫个不停，好像它们知道或者希望主人回来，有时它们一边大声狂叫一边就冲向结了冰的湖面，好像主人已经在冰面上，正被欢迎人群簇拥着走回家来。而玛丽亚呢，她有时轻轻地走了出去，屏住气细听，有时她恨自己的所作所为，因此扑倒在床上，用被子塞住自己的耳朵，这样就能听不见也不知道他们来了。但是，当狗停止吠叫，什么声音也没有时，她眼睛里好像反而看见了更多的东西：她看见谢美嘎，有时看见他站在尤哈前面哈哈大笑，看见他在她家台阶前弯着身子贴近她，看见他那修长的身子从萨乌那屋走出来，看见他拥抱她，看见他从船上奔跑过来。她有时是在睡梦中看见他的，有时是醒着的时候看见他的。

有时候她很清楚地看见他，好像他真的就在那里：看见门开着，看见他突然冲了进来，他的胡须冻结在一起，他站在门口说："玛丽亚，孩子在哪儿？我们的儿子在哪儿？"

此时，玛丽亚奔向摇篮，一把抱起孩子。她坐在萨乌那木榻边上，双手放在孩子腋窝下把他提了起来——你是谢美嘎的孩子，黑色眼睛，瘦长身子，健壮的双腿——你不是尤哈的孩子，谢天谢地，你不是尤哈的孩子——你为什么非要是尤哈的孩子呢？！

她越是想不等待，但却越是在等待。虽然她知道狗的吠声没有什么特殊的意思，但是，每当狗边叫边奔向冰面时，她总要吓得一跳，因为所有来到他们家的人都是要从冰面上过来的。

第12章

一天早晨，那群狗又边叫边跑，从玛丽亚住的萨乌那屋后面穿过，径直奔向冰冻的湖面。它们高兴得尖声狂叫，而且一会儿就跑了回来。玛丽亚不看就知道，谢美嘎终于带着他那一帮人回来了。她没有开门，也没有打开百叶窗。

过了一会儿，安雅像旋风似的跑了进来，把一包衣服扔在地板上。"来，玛丽亚，来！他们回来了！把这些新衣服穿上！"她喊道，转身就走了。但是，她又走了回来，双臂抱住了玛丽亚。"他还吻我啦！他拥抱我，还紧紧搂住了我的腰哪！'哎哟，你胖了，更丰满了,安雅。'他说,'但是你的腰还是跟以前一样纤细。'快，赶快，玛丽亚，赶快把这些干净的衣服穿上！他们现在在吃饭，然后要休息一会儿——晚上跳舞，也许明天就走了。瞧，他的胡子长了，除此之外，他跟以前一样——这个国王的儿子！赶快，赶快过来！"

玛丽亚打开布包，里面有给她的新衣服，颜色很鲜艳,很漂亮,还有给孩子的衣服。她把衣服放了回去，把包裹紧紧系住。

孩子不肯安静，整天哭闹，奶也不想吃。玛丽亚可以不停地听见院子里赶车的吆喝声，马的嘶叫声，狗的犬吠声和叮叮当当的铃声。她一点儿也不想知道外面在发生什么事情。没有人给她送吃的东西，这也没关系。当夜幕降临的时候，她走出去看了看。只见到处灯火辉煌，在雪地里、宅院的周围，每个角落都是松树脂点燃的火把。歌声、乐器声和欢笑声不停地回荡。孩子安静下来后就睡着了。玛丽亚用羊皮手套塞住耳朵躺在长凳上。她越是想不听，她却越是在听；她越是想不想，她却越是在想。

明天他们就要走了——到了夏天才能回来——可怜的安雅分得了一份，这真是不错。这下他们能谈个没完啦——谁有耐心听他们这一套？！

她的喉咙发干，她还没有去取过水。于是她走出去，往上走到院子里的水井旁，并且在桶里灌满了水。突然，好奇心和逆反心情铁钩似的抓住了她。既然邀请我去，那我就去看看。我就穿着平常的衣服去，这样他们可以看到我的本来面目——我就是他们国王儿子的旧情人。我要站到他的面前，站在地板的中央——"我在这儿，你还认识我吗？"

人们在门廊里挤进挤出。如果她可以这样做的话，她早已从门廊退了出来，但是为了躲开人群，她只得被挤进了门廊。她沿着木墙溜到了门口，从那儿，她可以看到厅堂里面。

谢美嘎一个人在地板中间，其他人在他周围围成一圈儿。他围着一个灵巧而丰满的女子在跳舞，一会儿旋转，一会儿跳跃，而那个女子则在原地旋转，一副冷若冰霜、傲然挺立的样子。玛丽亚不认识这个女人——她不是本地人——她的穿着跟这儿不同。她大概是谢美嘎明年夏天打算包养的，新的女人。一股强烈的欲望再一次抓住了玛丽亚，她真想冲出来，抓住这个女人的手，把她扔出去，然后跳到谢美嘎面前，向他大声喊道："你有孩子在萨乌那屋里！难道你不知道萨乌那屋里有你的孩子？！"

然而，跳舞突然停了一会儿。谢美嘎双手伸到这个女人的腋窝下，把她高高举起，并且在空中旋转，使得她的裙子飞扬到房梁上，接着他把她放了下来，放在灶台的搁板上。然后他就跑了出去凉快一下，刚好不知不觉地与玛丽亚擦肩而过。

与此同时，屋里的人都开始跳起舞来。门廊里的人推着玛丽亚往前走，但是她赶紧退到门边，以免挤了进去。安雅发现她站在门外。

"玛丽亚！"她喊道，"快进来，玛丽亚！"

"不，我不进来！"

安雅一把抓住她的胳膊，企图把她强拉进来。玛丽亚挣脱出来，并且躲进了门廊中最黑的角落里。但是安雅并不就此罢休。

"你为什么不想进来？现在进来吧！"

"因为我不想进去。别管我！"

"谁不想什么？"这是谢美嘎的声音。他正站在门廊的入口处。

"玛丽亚在这儿。"

"安雅，别管我。"

"她在哪儿？"谢美嘎问道，抓起了一个火把，结果照亮了门口这块地方，而门廊里却是漆黑一片。

"这儿，这儿！"

谢美嘎走进门廊，把火炬对着玛丽亚。玛丽亚先退到角落里，但马上就挺起身子，站在谢美嘎面前，用轻蔑的眼光盯着他。她突然用手把他手中的火把打掉，然后就逃了出去。

谢美嘎眼里开始时露出了好奇的神色，接着是失望和满不在乎的表情，最后他的嘴一歪，好像他看见了很讨厌的东西似的。

但是，在玛丽亚的眼里，谢美嘎比以前任何时候都漂亮。当她趴在萨乌那屋里的长凳上哭泣时，她不知道她是由于谢美嘎在她眼里的样子而哭还是由于她在谢美嘎眼里的样子而哭。

我为什么去那里呢？我为什么穿着这些沾满尘土的衣服去那里呢？既然我跟别人一样有舞会上穿的衣服，我为什么不像他们那样穿这样的衣服呢？他大概讨厌的是我身上穿的衣服，而不是我。也许他还会来这儿，要是他来的话——他应该来，即使不来看我，至少也应该来看看他的孩子。老夫人和安雅不会让他不看看我们而离开的。

她把松明*插在木墙缝里，把它点燃，再次打开安雅拿来的布包，用老夫人给她的衣服把孩子裹住，自己穿上老夫人叫人专门为她缝制的衣服。然后，她就整夜坐着等谢美嘎来，一块松明烧完了就再点一块。

她不知道她为什么要等他，也不知道跟他说些什么。她只觉得谢美嘎应该来，他不能，也不应该不来这儿就走。

山上的院子里不断地传来喧闹声和欢笑声。有时她还好像听

---

* 松明是有脂的松木小片，点燃后用作照明。

到伴随着女人的尖叫声谢美嘎所发出的咯咯笑声。当她们都走了后他会来的。明天早晨离开之前他一定会来的。

拂晓的时候，玛丽亚打起瞌睡来了。但是，嘚嘚的马蹄声，雪车嘎吱嘎吱转动的声音，高声喊叫声和叮叮当当的铃声突然把她吵醒。有辆雪车撞在萨乌那屋的墙角上，结果松明火上烧焦的木块纷纷掉了下来。喧闹声像雹子般一闪而过，慢慢地在湖面上消失了。当玛丽亚打开百叶窗时，天已经亮了。院子里空荡荡的，雪车和马都已走了，女人们正在向沿着冰面快速离开的人群挥动着手巾。

他走了！他连看都不来看她，他连自己亲生儿子都不看。她脱下穿在自己身上以及孩子身上的衣服，把它们全都塞回到布包里。

他不管你，父亲不管自己的儿子，连过来看都不看，连过来抱都不抱！好，就这样吧！你这个可怜的孩子，你有母亲——你有母亲——来，我来抱！玛丽亚抱着孩子，又是用嘴吻他，又是使劲把他搂在胸前，半哭半笑地沿着地板旋转。

她听见有人走了进来。她抓起一把扫帚，开始扫起地来。走进来的是老主妇，她的脸上并没有平时那种愉快的表情。

"我的衣服配不上芬兰有钱人家的女儿。她一定觉得这些衣服太次，所以还是穿原来的旧衣服更好一些。如果是这样，我们就拿走。"

"你可以拿走。"玛丽亚低声下气地说，希望老夫人不添麻烦立即就走。可是，她来是有话要说的。

"他们走了——他现在也走了——"

玛丽亚一声不吭。

"我们不知道他什么时候回来。这次他要走很长时间，有很多东西要卖，要去很多集市，要去莫斯科、诺夫哥罗德，谁知道还有什么地方。他们装了很多东西，赚头也不少。他很会讨价还价，买进时很便宜。谢美嘎是个很精明的生意人，不是吗？谁知道他会从那里带一个什么样的俄国大亨的女儿回来。'带个回来，'我说，'这次带个你可以直接带到家里来的女人，别再带那种要留在小木屋里的女人！'"

"你为什么要跟我说这个呢——这跟我有什么关系？"

"哎呀，你别这样——难道他连看都没来看你？"

"他不敢来，他知道他该多羞愧。这倒是很好，不然我会用扫帚教训他的。"

"你这个奴隶，难道你敢用扫帚打你的主人？你不感到羞耻吗，你这个芬兰乡巴佬？"老主妇气得够呛，为了继续说下去她不得不坐在板凳上。

"我本来是不准备说的，但是现在我要说，尽管出自怜悯我本来是不想说的。'你走之前，去看看你从芬兰抢来的那个女人，'我对他说，'去看看她和她的孩子，你在萨乌那屋里有个漂亮的儿子。'我说。'我已经看见她了，'他说，'她的额头上满是皱纹，她那绺头发都枯萎了，脖子干瘪了，肚子鼓了起来。'这是他说的。'不管怎么样，你还是去看一看吧，'我说，'你不在时她至少是为你而哭泣的。'"

"这是谎言。我没有为他哭泣过！"玛丽亚厉声地说。

"'她又会为你而变得漂亮起来的。'我说。"

"为他？绝不！"

"我是在为你辩护，看来我不应该为你辩护。"

"让我离开这儿！"玛丽亚喊道。

"离开这儿？去哪儿？"

"给我雪鞋和雪橇，让我走！"

"那你去哪里呢？"

"我回到我来的地方去！"

"在这样的隆冬季节？带着一个还不到一个月的孩子？跟他一起累死在白雪皑皑的湖面上？"

"即使如此，我仍然要走。"

"我实在听不下去啦。"老主妇站起身就走，并且很生气地说，"你愿意去哪里就去哪里，但是你不能把孩子带走！"

"这个孩子是我的。"

"这个孩子是谢美嘎的。"

"孩子是属于母亲的，父亲并不拥有孩子。"

"不过，在我们这儿，孩子属于他出生的那个家。自从我们把他接来后，他就属于我们的。你应该感到羞愧。你呀你！开始时你自己要跟他拥抱，你抛弃你的丈夫，你的家，你的一切，跟一个陌生人私奔。在这儿，你得到了关心，受到了照顾。我们像对待贵宾一样对待你。而你呢？你就是动肝火，发脾气。他还应该来看你，来哄你，抱你，而你参加派对却连干净的衣服都不愿意穿。在全世界面前，我们谢美嘎家好像应该羞愧万分，因为我们让一个姑娘穿破旧不堪的衣服，甚至不让她吃饭来虐待她。这也许就是你所希望的。尽管别的地方你都能住，但是你却坚持要卧藏在这儿萨乌那屋里。现在你又要离开这儿,这样大家就会说你和你的孩子是被谢美嘎家赶出来的。彻底丢掉这样的想法吧!你还提到过雪鞋和雪橇。好吧,我要把你的孩子抱走,把你关起来,把门闩上!"

玛丽亚惊恐万状。老主妇也许真的会这样做。不过,老主妇很快就收回了她刚才说的那些恶言。

"算了,你别难过。"老主妇边说边走了回来,"我并不是说他不应该来看他的儿子。谢美嘎一家就是这样的人,他的父亲也是如此。每年夏天他必须要有个新的女人,这真是可耻!而现在连冬天他都开始带女人回来。谁知道那个女人是谁,他只跟她一起调情卖俏,根本不在乎其他的人——这点你是看见的——这个女人会是谁呢?——她一句话也没有说。她不会说我们的话?她是俄国人?她是赛拉菲娜人?'把她送回去!'我说,'你原先包养的女人带给我的烦恼已经够多的啦!我靠什么养活她们呀?'——我的玛丽亚,你别生气啦!我一定会很好地照顾你们母子俩。等到夏天来了再说。我喜欢你,我喜欢你超过其他的人——尽管还有安雅——"

"别这样,我的好夫人,我不——"

她们俩都哭了起来。

一个刺骨寒冷的早晨,那群狗又窜上冰面去迎接另一位来客。它们绕着客人不停地狂吠,而且越来越激动,接着,随着客人来到萨乌那屋。门开了,但立即又关上了。喧闹声把孩子吵醒了,他开始哭了起来。

"嘘,孩子,不要哭,我不会让狗进来的。"门后传来一个男人的声音。

玛丽亚听到来客叫狗别出声，并且走进了院子。狗很快就不出声了。玛丽亚打开百叶窗，但同时砰的一声又把它关上。

"尤哈！"

玛丽亚一下倒在长凳上，几乎晕厥过去——他已经到过那里，开过门，往里面看了看。他听到了孩子的喊叫声，为了使他安静下来他又把门关上，但是他没有进屋来——他在这儿干什么？他在打听我的下落？他在找我？他们会告诉他关于我的情况吗？如果他到这儿来，那怎么办呢？他会杀死我们的！玛丽亚跳了起来，从摇篮里抱起孩子就跑了出去。她已经到了外面，但又跑了回来。她很快把孩子放回摇篮后就想一个人跑出去。但是，她感到疲累，浑身发软，根本无法走动，她一下倒在长凳上，四肢全都瘫痪。

当她恢复到能够活动时，她就打开百叶窗。尤哈就站在院子里，一群女人围在他的周围。他好像在向她们发问，她们好像用手势在回答他的问题，她们似乎在说："我们一点儿都不知道——我们这儿没见到什么人——"现在老主妇走了出来，好像请他进屋里去。尤哈犹豫了一下，然后把雪鞋插在雪地上，跟着走了进去。

玛丽亚躲在一旁，从百叶窗向外看，就像一头松鸡蹲在沼泽地的小土堆下，而一只狐狸正围着它转悠。他什么时候来的？他们会告诉他关于我的情况吗？他们会把他领到这儿来吗？现在安雅走过来了——

安雅从主屋冲了出来，拼命地奔向湖边。

"他来了——就是他！"

"我知道——他想干什么？"

"你怎么知道的？你见到他了？"

"我看见他了，我看见他了——他想干什么？你们告诉他我在这儿了吗？"

"我们当然没有告诉他——我们马上想到——"

"如果别人把我的情况告诉他，那怎么办呢？"

"不会的——老夫人已经向村里人传话了。"

"现在他走出来了！"

尤哈在老主妇的陪同下出现在台阶上，他一步步地走了下来，非常疲惫，背着一个背囊，弯着肩膀，步履蹒跚地走到雪鞋旁。他并没有穿上雪鞋，而是扛着雪鞋从湖边走了下去，看来他不敢穿着雪鞋滑下去。

"他走了。"安雅低声地说。

"如果他来这儿，你就说这孩子是你的——我是被迫抢来的。"

她们两从百叶窗的小口往外看着。在闪闪发亮的雪地上，玛丽亚老远还能看见尤哈旧羊皮大衣上每一颗纽扣，破旧不堪的鞋上每一条缝线，疲惫的脸上每一条皱纹。他留了胡子，灰白色，毛碴碴的，像团起来的刺猬。他的眼睛深深地陷入眼眶里，就像他过去在树林里苦干几天后又饿又累回家时那样，他看上去非常疲惫。他就像一个流浪汉，没有找到过夜住处，不知道往何处去，张着嘴巴，眼睛从地面望向天空，又从天空望向地面。他的眼光一次也没有落在萨乌那屋上，他好像不知道它的存在，尽管他曾经直接停留在萨乌那屋的前面——他回头看了看他走出来的那座房子，仔细看了看湖对岸的房子，咳嗽一声，踏着雪鞋，沿着冰面滑走了。

"啊，我多么可怜他呀！"安雅低声说，"他带着呆滞的，没精打采的目光，像寻找已故的亲人似的在寻找你。唉，你怎么能让谢美嘎把你从他身旁抢走呢？"

"他要是把我抢走，那倒是好了！我是甘心情愿走的——我离开——"

玛丽亚冲到了门口。但是，当她把门推开时，她看见老主妇站在那里，挡住了她的去路。

第 13 章

"你又呆呆地看着外面。"尤哈的母亲一边轻蔑地说，一边坐在纺车旁纺纱。尤哈又坐在窗户旁，眼睛盯着前面树林的边缘，惊异地回答道：

"我没有呆滞地看任何东西。"

"即使她现在突然回来了，她也是甘心情愿走的。"

"谁知道她是不是自愿走的哪？"尤哈很温和地说。

"不管怎么样，现在春天解冻的时候，她是回不来的。即使她真的要想回来，也得等到雪地结成冰块的时候。"

她会在雪地结成冰块的时候回来——这也是尤哈的希望，是他最后的希望。

"现在她回来不了——回来不了——"不过,他突然气上心头。"她要是回来，而你又无缘无故地侮辱她，那——"

"那又怎么啦？"

"那你就得知道，我绝不让你跟她在同一个屋檐下度过一个夜晚。”

"毫无疑问，我就离开！"母亲很平静地笑着说，但并没有停止纺纱，"你不用命令我，我就会走的，如果她回来的话。"

母亲那种斩钉截铁的口气却使尤哈犹豫不决。她再也不可能回来了，她不会回来了——她现在会在哪儿呢？关于她的下落，我一点儿消息都没有，因此她到底还活着吗？也许他对她施暴后，就把她扔进急流淹死了。

然而，由于没有更好的办法，尤哈只得继续等待。他坐在院子里时等待，他在外面干活时等待。春天捕鱼，修建篱笆，砍伐树木的时候，他等待着。他等了整整一个春天，甚至洪水泛滥的时候，他也等待着。她没有来。不过，夏天她一定会回来的。如果今年夏天她不回来，那么明年夏天她会回来的。战争年代，被抓走的人中有的甚至经过了几十年才回来。因此，这儿必须为她的归来做好一切准备。这儿不能给人这样的感觉，好像我们觉得她可能不会回来了。我为什么把她那睡屋的钥匙扔进湖里呢？于是，尤哈造了一把撬锁工具，夏天某个礼拜天当母亲去教堂时，他就把小屋的门撬开，并且对着女仆说：

"我们一定要把玛丽亚的房间布置得跟去年夏天一样。"

女仆高兴得眼泪扑簌簌地流了下来。她急急忙忙向小屋走去，但半路上她又走了回来。

"东家，我不相信——我不相信——"

"你不相信她会回来？"

"不，我不相信她是甘心情愿走的。"

"你说你亲眼看见的。"

"我没有看见——我不知道我是不是看见了，虽然我觉得——"

"那你到底看见什么啦？"

"我看见的是，他从湖边把女主人抓住，她的确没有大声呼救，不过，这说明什么问题呢？也许她惊吓得喊不出声来了。"

"不过，难道她没有对母亲威胁说——"

"这点我不相信！当时没有人听见她所说的话。那个星期天，每当客人靠近她时，我看见她总是站起来就走开了——小屋前的台阶上，当他靠近她，挤到她的身边时，她也是站起来就走开了——不管老主妇怎么说，这是我看见的。"

女仆越说越激动。

"玛丽亚宁可被杀害。她也许在急流中被淹死了，因为你一直没有找到她，而且那里没有人知道她的情况。但是，她不是自愿走的。大家说我看见她心甘情愿走的，而这点我并没有看见，为什么因此而要怪我呢？——当时我哭得要死！"

"卡依莎，现在你别哭，我可没有相信。"

"你们怎么会相信女主人会是这样的人呢？！"

尤哈等待玛丽亚回来，他现在对此更有把握了。他像着了魔似的走来走去。他在大白天就好像看见了梦中的幻影。有时她好像栩栩如生地在他前面的路上走动，有时看见她好像在牛栏里挤奶，有时听见她好像在静水区那边急流的对岸高喊要一条船，有时他觉得她好像在她的睡屋里睡觉，晚上回他自己的小屋时，他轻轻地打开那个屋的房门。她会回来的，不管什么时候，她都会回来的。只要她能回来，即使是十年以后也没有关系。因为我等着她，因为她没有从我脑海里消失，只要她还活着，就是为了这些原因，她也会回来的——当他在干活时，不管在山上开荒，还是在湖里捕鱼，为了能马上知道玛丽亚已经回来了，尤哈就在主屋后面松树林下方的山坡上堆起一堆树枝，当玛丽亚回来时好让卡依莎把树枝点燃。

然而，有一天他心里这样想："我觉得我太傻了。"当时他正坐在山坡上林中空地的边缘，遥望着他的家，谁知道他这样做已经有多少次了。"她不会回来的。卡依莎为了使我高兴故意撒的谎。或者她相信她想要相信的。玛丽亚从来没有关心过我。也许起先她不是自愿走的，但经过他慢慢地诱骗，她也许现在觉得她在那里过得很愉快，因此愿意留下不走了。这种情况以前也有过。她为什么还要考虑我呢？我以前不能给她什么，我现在越来越老了，更不能给她什么啦。因此这会带来同样的烦恼，对我而言，她还是不回来好。那天狂风暴雪的夜里，当我掉进冰窟窿里时，我就应该葬身湖底。像我这样的人为什么还要活着呢？"

尤哈坐在他所开垦的林地旁边。当他不能再继续盼望下去时，他就像一条至今一直紧紧拽住的船，现在开始让它随波逐流。它随着水流漂荡，慢慢地消失了——林地已经几乎开垦到山顶，这座山上很快就没有树可以砍伐了。对我来说，这已经够了。我为什么要继续干呢？我的计划到此为止：没有妻子，没有儿女，只有一个讨厌的、脾气暴躁的母亲和另外一些无情无义的亲戚。我结果是为他们拼死拼活地干。要是玛丽亚没有走，那么，一旦我死后，她就可以得到这座房子，然后可以重新嫁人，可以生孩子——这样我总算没有白干。然而，这一切也无所谓了。

他开始从山上走了下来。天刚下过雨，走在路上滑溜溜的。每走一步他的大腿就痛。自从被熊咬后，他的大腿总是有点儿痛，滑雪去了一趟卡累利亚进一步加深了他的伤痛。

不过，那里的母牛在干什么？

领头的牛好像在下面的沟壑里奔跑。铜铃听起来就像牛在快速跑动时那样不停地来回摆动。牛有时哞哞叫，不像有人在赶它们，而像它们在追逐什么东西。它们的哞叫声就像被放到夏天牧场的牛因为高兴而发出的声音。尤哈从他正在走的地方看不见前面的路，所以他就往上走。从高处，他就可以看见那条道，那条道先是从沟壑往上通向青草地，然后穿过青草地朝他家的院子延伸。有一头牛，抬着头，竖着尾巴，刚好往上走进青草地。它停住了，朝后面看了看。接着又快速地跑来了一头牛，一个女人拉着牛身旁系着铜铃的皮带。后面又来了两头牛，这样这个女人就被夹在这群牛的中间。尤哈无法看清这个女人是谁，因为这群牛不久就消失在桤树丛中，一会儿又出现了，一会儿又消失了。这个女人想把牛轰走，但是它们总是朝着她挤过来，想用舌头舔她。

一个预感在尤哈心中涌起。他朝着沟壑拼命地跑，等不及走绕着沟壑的山道，而是直接从山上跑了下去。

这个人是玛丽亚，不可能是别人！她回来了，她的牛都认识她。在青草地，他在地上找到了一条头巾。这是卡累利亚妇女戴的头巾。这个人是玛丽亚！

当他走近院子时，他看见牛栏里的牛都抬起头朝着院子哞哞地叫。狗在嚎叫，它绕着院子从谷仓后面窜了出来，但一会儿又不见了。当他绕过拐角时，他看见玛丽亚正走近厅堂前的台阶。

同时，他的母亲走到了台阶前，手里拿着一只空奶桶。她举起奶桶威胁玛丽亚，并且大声喊道："你别走过来！"

玛丽亚向后退了几步，摇晃一下，接着就瘫倒在地上。母亲又举起奶桶。在尤哈眼前，一切都变得模模糊糊。他大喊一声，跑到母亲跟前，从她手中夺过奶桶，摔在院子里的石头上，结果把它砸得粉碎。然后，他就把他母亲赶到院子里，而她却边尖声喊叫边冲了回来，企图再次袭击玛丽亚："你还有脸回来，你这个俄国人的婊子！"

尤哈再一次把她赶走。这时，他气喘吁吁，结结巴巴地对着玛丽亚说："进——进去，进——进去吧！"

玛丽亚已经站了起来，她就走进了厅堂。

尤哈想跟着她走进去，但没有这样做。他走进了门廊，但又走了出去。他必须对他母亲说——不，他必须先叫玛丽亚不要——

母亲气呼呼地走进她的小屋。尤哈回到门廊，冲进了厅堂。此时，玛丽亚坐在烟囱旁的长凳上，几乎是蜷缩在角落里，衣裙上放着一个布包，双手捂着脸孔。她在低声哭泣——她为什么哭，这是很明显的。尤哈转身走了出来。这番话他必须马上对他母亲说。

"如果你对玛丽亚说什么或者干什么——"他冲着小屋的门大声喊道。

"我已经说了！"

"明天一早你必须离开这儿。"

"我今晚就走！"

"你怎么能这样迎接她？"

"我就是这样迎接她。"

"连——连母牛——都——"

尤哈想说连母牛都比她善良，但是太激动了，所以没有说出口。他转身回到了厅堂。

玛丽亚已经挪到了窗前，她正看着窗外，侧身对着厅堂。当尤哈走进来时，她并没有转过头来看。

"你可以放心——她不会再对你干什么啦！她就要走了——"

"她用不着为了我而走人。"玛丽亚软弱无力地说，声音低得几乎听不见。

"她就要走了。"

尤哈到此为止还不敢直接对着玛丽亚看。现在他看清她了：她的脸颊空洞洞的，鼻子很尖，胸部下凹，以前她的辫子很粗，很长，差不多拖到腰部，而现在辫子就像一束乱麻从头巾下面伸了出来。她身上的衣服全都是湿淋淋的，有不少地方都撕破了。

尤哈突然想到玛丽亚一定饿了。卡依莎在哪儿？就在此时，女仆冲了进来。

"女主人是不是回来了？她在哪儿？我早就跟你说过了！哎哟，他们对待你是多么糟糕啊！"

卡依莎哭了起来，不过，尤哈却低声地对她说："快去拿点儿吃的来！"

同时，他自己就一瘸一拐地走进了食品贮藏室，拿了一条羊腿和一块面包，很快回到了厅堂。

"你现在吃吧，你一定饿了。"

"我宁可睡觉。"

"睡觉？——是的，是的——她怎么没有把黄油——还有牛奶——拿来？"

卡侬莎正在贮藏室里把黄油放在盘子上。

"对，对，很好，还有牛奶——"

尤哈伸手去拿壁架上的一桶牛奶。

"不要拿那桶奶，我们去挤鲜奶——牛奶桶在哪儿？"

"摔破了。把黄油拿过去——我去挤奶——可以挤在带把的杯子里。"

"杯子是脏的。"

"我去洗——洗——你把黄油拿过去。"

尤哈跑到井边去洗杯子。卡侬莎走到那里，拿了杯子，跨过栅栏就跑进了牲畜栏。

"当我到外面找牛的时候，"卡侬莎说，"当牛朝着我们家奔跑的时候，我没有想到它们是跟着女主人。我还以为苍蝇——哦，我把一筐草莓丢在——"

"丢哪儿了？"

"丢在那儿的台阶上。"

"我去拿去。"

母亲收拾好东西就从小屋里走了出来，砰的一声把门关上，没有说再见就走向湖边。她把小船推到水里，划着船朝呼得角走了。

当尤哈拿着一筐草莓走进厅堂时，玛丽亚正坐在桌子的一头。她掰了一块面包，切了一块羊肉。她想法把它嚼碎，但看起来好像咽不下去。尤哈站在炉台旁的角落里，没有吱声，因为玛丽亚没有说话。

"卡依莎一会儿就把牛奶送来——哦,我去把萨乌那烧热。"

"不用麻烦了——"玛丽亚突然咳嗽了一阵,她不得不把身子转过去。

尤哈冲了出去,他必须不停地走动,他必须独自待着。

由于某种原因,她羞怯,她害怕,也许她觉得我怀疑她,我会谴责她的。天哪,她变得多么瘦弱,多么可怜啊!她到底去了哪里?他们是如何折磨她的?她什么也不说,也不对着我们看。她无缘无故怕什么?她是多么可怜,她甚至还怕我——她真可怜,连手都不敢给我。她像一头迷途的羔羊从森林回到了家。当尤哈从木柴堆里抱起一大捆木柴时,他的下巴在颤抖。当他点燃一块桦树片时,他几乎哭了起来。"我们必须好好调养她,让她恢复到原来的样子。我要在地板上和木榻上都铺上麦秸,铺得跟圣诞节时铺的麦秸一样厚,这样就可以舒舒服服地生活。我让卡依莎替她拍打和搓背。"

萨乌那烧热后,尤哈就到草棚去取麦秸。他背着一捆麦秸回来时,他看见玛丽亚走进了小屋,卡依莎紧随其后。她们在屋里待了一会儿,然后卡依莎走了出来。玛丽亚把门关上,卡依莎就跑到尤哈跟前。

"她说她要睡觉——她累得站都站不住了。"

"她吃了吗?"

"她吃了一点儿。"

"卡依莎,你可别说我们——我曾经相信她是自愿走的。"

"我当然不会说的。当我告诉她你希望把她的小屋保持原来的样子时，她就哭了起来。"

尤哈高兴得几乎有点儿疯疯癫癫。她是清白无辜的！她不是自愿走的，因为她回来了。他母亲是错的，教长是错的。而我也——我怎么会相信她会做出这种事呢？

尤哈把麦秸铺在地板和木榻上，扎好桦树枝条，把水挑进浴室，然后就去撒网捕鱼了。

他越是想起玛丽亚和她的样子，他越是感到难以承受，因为他曾经有一度相信玛丽亚是自愿走的，这点他本来是不相信的。当她恢复健康后，我要向她道歉，并且告诉她，即使是那个时候，我仍然不相信母亲说的。我不会问她关于她的遭遇。你可以看得出她在那里的情况很糟糕。不过，让她自己说，我不打听。我要对待她就好像她是探亲访友刚回来。让她自己控制自己，她想告诉我们什么，就让她告诉我们什么——她什么也不说也可以。

尤哈出去捕鱼，一直到深夜才回来。

"玛丽亚在哪儿？"他问卡依莎。

"她洗完澡就进小屋了。"

"你给她按摩了吗？"

"她不让我给她按摩，她想一个人洗澡。"

"我们要轻轻地走动，让她好好睡一觉。把牛都牵到牧场去过夜，这样铃就不会响，牛就不会叫啦。"

那天夜里，尤哈睡在马厩的阁楼上，他不去自己的小屋，他怕他走动时发出的声音会打扰玛丽亚。他想睡但睡不着，于是，他悄悄地走到玛丽亚小屋的后面，把耳朵贴在木墙上细听。他好像没有听到睡者的呼吸声，他只听到一次微弱的咳嗽声和另一次好像是一个醒着的人所发出的叹气声。

第 14 章

玛丽亚是睡在自己的小屋里。她现在没有在睡觉，但也没有真正苏醒过来。她是在谢美嘎家的萨乌那屋里，坐在木榻上，孩子躺在她身旁的麦秸上。突然这不是个孩子，而是只小猫。她把小猫从她胸脯上扯下来后就扔在地板上。小猫又变成了孩子，躺在门槛下面的床单上。玛丽亚好像手和脚都被绑在木榻上似的动也动不了。木墙后面传来咔嗒咔嗒的脚步声。百叶窗开启，好像有人想把头伸进来，但是，玛丽亚并没有看清楚这个人是谁。门被强行打开了。谢美嘎的母亲抬起脚跨过了门槛。玛丽亚想大声喊，叫她不要踩在孩子身上，但是她就是喊不出声。这时，此人根本不是谢美嘎的母亲，而是尤哈的母亲。她并没有走进来，而是向后倒退，并且朝着外面大声喊道："快来看！她的乳房原来像装满种子的布袋挺然直立，而现在却像渔网的尾巴松软下垂。她生了个孩子！——瞧，孩子就在那儿！"她把孩子抱起来，交给把头从百叶窗伸进来的那个人。"尤哈，把这个孩子扔掉，把这个俄国人生的杂种扔到冰窟窿里去！"玛丽亚叫了起来："别把我的孩子带走！"她惊醒了过来。

是不是有人听到了她的喊叫声？她爬了起来，打开门。一个人也没有。整个院子都是空荡荡的。玛丽亚感到头晕，所以她摇摇晃晃又倒在床上。

这一切将会产生什么后果？我还能把他要回来吗？安雅能把

他带到这儿来吗？我怎么会把他留在那里呢？但愿他平安无事！

这是安雅的主意，谢美嘎的母亲终于表示同意。要是她同意的目的仅仅是为了把我摆脱掉，那怎么办呢？要是他们不把孩子送来，那怎么办呢？把一切都告诉尤哈而不设法欺骗他，这样是不是会更好一些？他为我辩护，甚至反对他母亲他也为我辩护，尽管他一定怀疑过，一定也想到过。如果他什么都相信，他就不会为我辩护。不，他并不相信，他认为我跟过去一样善良。那么我怎样跟他解释呢？他不可能接受别人的孩子——他老是想自己生个孩子——是不是有人听到我在睡梦中的喊叫声？

玛丽亚打起瞌睡来了，并且就此睡了一会儿。然后，她爬起来，走进了厅堂。卡依莎坐在那里看书。这时候她才发现这是个星期天——就好像她走的时候那一天。在荒原上过的日子全都搞乱了。

"东家在哪儿？"

"大概去林地了吧。"

为了没话找话，玛丽亚说："这儿铺了块新地板。"

"原来的那块断了。"卡依莎说。

"是不是烂掉了？"

"不是烂掉的，而是东家打断的。"

卡依莎慢慢地告诉她，他母亲说了些什么，东家听了十分生气——噢，现在我可以跟你说——她说什么你是甘心情愿走的——东家简直气炸了，他拿起一把砍刀就扔向地板。有很长一段时间，他好像灵魂出窍似的——哎呀，为了你他是多么伤心啊！

玛丽亚必须躲开卡依莎锐利的目光。她走了出去，并且不停地走来走去。不，不行，这样不行。当他听到事实真相时，他绝对受不了的。我要是能对他好，那就好了。可是，让他靠近我，我都受不了，更不用说让他握住我的手。我怎么会变成这样的呢？我走，不等谢美嘎来——我真希望我多多少少能在这儿重新开始生活，至少等到他们把孩子送来，或者至少我能盼望他们的到来。要是他们真的来，他们到这儿也得要过好几周。他们一到这儿，我就马上离开，即使沿街乞讨，我也要离开这儿。

玛丽亚在院子里，在湖边，到处逛来逛去。她东瞧西望，但什么也没看见，她无法把目光集中在任何地方。也许一切都跟过去一样，瞧，去年夏天她扔在小屋角落里的针还在那儿。但是，一切又好像都陌生了，好像她要到另一个地方去，现在只是路过这儿似的。我真希望我能离开这儿，我真希望是我离开这儿而不是我的婆婆。玛丽亚走出院子，来到了牧场。她听到了牛身上的铃声。突然，尤哈站在她前面的路上。开始他们俩互相都没有说话，后来玛丽亚说：

"我去看看奶牛——"

尤哈说："我在这儿修栅栏门。"

然后，他们各走各的路。

她在躲着我，尤哈走进院子时寻思着，就像以前一样，避免对着我看，连她的手都不让我握。她是有理由责怪我的。一个丈夫看到自己妻子被人抢走，沦落在异乡他国，他不去营救，而是让一个孤苦伶仃的女人靠自己的力量越过崇山峻岭从敌人手中逃回来，对这样的丈夫当然可以蔑视。当她回来时，我们又是如何迎接她的？她生活在水深火热的那段时间里，我允许她的婆婆掌管这儿的一切，让她像一只狂叫的野兽那样攻击她。玛丽亚也许认为我当时是相信我母亲的，或许现在仍然相信她的，因为我让她一直待在这儿。

过了一会儿，玛丽亚回来了。尤哈、玛丽亚和卡依莎，他们三人一起吃饭，谁也不吱声。吃完饭后，卡依莎就走了，玛丽亚留下来收拾桌子，在灶台旁擦干餐具。尤哈看起来好像在等什么似的。现在该把事情说清楚了。他正准备说话，但突然又改变了主意，这样一次接着一次，到了后来他终于迫使自己开口说话。他口气很平静地说：

"你是怎么回——回来的？你是怎么想办法回来的？"

"每当我迷失了方向，我就寻找能够看到我家乡那座山的地方。"

"对，你朝着这座山走，没错！它给你指明了方向，不是吗？我们家乡的山！"

"是的。"

现在他该说了。但是，要是她听了不高兴，怎么办？要是我说的话使她生气，怎么办？也许我还是不说的好。也许她已经明白了，因为我马上就把我母亲赶走了。要是她从卡依莎那里得知我为什么不去营救的原因，尽管我本来是打算这样做的，那又怎么办？现在她把杯子都擦干了，一会儿她就要走了。

"我没有来救你，这是我的不对——"

"你来了，不是吗？"

"你怎么知道的？"

"我看见你站在萨乌那屋的旁边，那里——"

"你那时在那里吗？你在萨乌那屋里？你是在那里吗？"

"我看见你来，又看见你走。"

"你没有喊叫？"

"我不能喊叫。"

"他们有没有用口衔把你的嘴巴塞住呢？"

玛丽亚背朝着尤哈。现在她转过身面对着他。下面的话她说得非常心平气和，非常自然，连她自己都感到吃惊："他们没有这样做。是我不敢喊叫，因为他们威胁说要杀死我，如果我向外人泄露我的下落。他们至少会把你杀了，如果他们知道你是谁。"

尤哈目瞪口呆地站在那里。

"你在那里——我并不知道——尽管我打开了萨乌那屋的门，但是我并没有走进去，因为里面有个小孩儿，他突然哭了起来。"

一个念头突然在玛丽亚的脑海里闪过。她很快抢着回答说："他是谢美嘎家一个女奴的孩子——我在照顾他，因为他妈妈对我很好。她是被谢美嘎抢来的。"

"像你那样？"

"是的。他们虐待她。她求我在离开的时候带着她和她的孩子一起走。'把我带走，把我带走！'她苦苦求我。"玛丽亚说得很快，情绪激昂。她的激情也感染了尤哈。

"为什么你没有把她带来？"

当玛丽亚想起安雅是如何带着孩子给她送行时，她的眼泪不禁流了下来。

"她沿着沼地在后面追我，可怜的人啊，手里还抱着孩子。"

"你为什么不带她走？"尤哈问道，他也越来越被感动。

"如果她带着孩子，她是走不成的。"

"你们可以轮流抱孩子。"

"是的,但是,即使我们走成了,她到了这儿日子又怎么过呢?这儿谁会收留她呢?"

"她可以跟我们一起生活。如果她来了,我们绝不会把她赶到荒山野林里去的。"

"很难说,也许婆婆会赶她走。"

"我的母亲?在这个方面她没有发言权!"尤哈大声说。

"谁知道,也许有朝一日她还会带着孩子到这儿来的。"

"让她来吧。因为她对你好,所以只要她喜欢,尽管待在这儿好啦。"

"她这个人很好。"

"她是从这一带被抢走的吗?"

"她大概是在自己的国家里被抢走的。"

玛丽亚发现自己在水井旁打水,但记不得她为什么要来打水。事情怎么会如此轻易就搞成啦?——现在一切都已安排妥当!他什么也没有怀疑,一点儿疑惑都没有。他绝不会想到我会如此欺骗他的。事情怎么会如此轻易就搞成啦?我一定要对他好。过去我对他不好,现在我一定要补偿。但愿我能够按照我应该做的那样对待他!他在那儿走来走去,好像在恳求什么似的,看起来很羞怯,就像以前他想跟我说话,但我压根儿无法响应——不管我怎么努力,我就是无法响应。我能做出什么样的反应呢?我能对他说什么呢?

尤哈无法把想说的说出口来。但是,他必须马上说出来,就在今天晚上,不能再让玛丽亚继续相信一个谎言。

他看见玛丽亚无精打采地朝着自己的小屋走去，一会儿就走到了门前，羞答答地坐在上次谢美嘎坐过的门槛上。她的膝上有个针线活。她在缝什么？衬衫的纽扣——我的衬衫的纽扣？她一到就开始给我的衬衫缝纽扣，这是她走的时候没有干完的活儿。

"正如你说的那样，我的确来过，但是我应该来得早得多，应该马上就来。我也是可以来的——我没有那样做，我应该诅咒自己，我仍然在诅咒自己。"

"你为什么还要这样呢？"

"要是你能宽恕我——还有一件事。"

"宽恕你？为什么？"玛丽亚诧异地问道。

"因为我——因为我开始时相信你是甘心情愿走的。"

尤哈等了一会儿，但是没有回应。玛丽亚低着脑袋在做针线活。

"我本来不会这样的，但是我母亲不断往我的耳朵里灌毒——如果你能这样做的话，你一定要原谅我。你要是不原谅我，我就活不下去了。"

"没有什么要原谅的。"玛丽亚闪烁其词。

"有——我怎么能相信你会这样做呢？我怎么能对我母亲，也许也对烧炭人等说过这样的话呢？我要再娶一个妻子来替代你，一个有钱的闺女，不是另一个乞丐——尽管你并没有死，而是在边界的另一端——为她盖一幢跟焦油大王府邸一样豪华的宅院。我怎么能叫他们向你传递这样的谎言呢？现在，这些就是你被强迫带走沦落为奴隶时我所说的话。"

他走到玛丽亚跟前，抓住了她的手，但是他又不得不撒手，因为一股激情涌上他的心头，而且快要喷发出来。他不得不离开玛丽亚，不得不走出去，从玛丽亚身边逃离。他只有走到屋子后面才能发泄自己的感情。

她还没有宽恕他，她看起来不像宽恕他了。就让她这样来惩罚我吧！只要我能把话说出来，她要怎样惩罚我都可以——这样她就可以知道我是怎么样的一个人了——现在她知道了。

玛丽亚从尤哈的口气里可以听出他的情感。是他在求我宽恕他吗？要是他发现事实的真相，这就意味着不是我完了就是他完了。他就是这样的一个人。我能不能把什么都告诉他？我怎么能这样对他撒谎呢？这会带来什么样的后果？我该怎么办？

不过，她太累了，她只能对自己说：不能，不管怎么样，我现在不能把什么都告诉他。

第 15 章

尤哈在山上他开垦的那块林地上。他正坐在一个树桩上，他下面的一切都笼罩在一片薄雾中：湖泊和急流，他的青草地、庄稼地和房屋。只是偶尔有一两个远处的山头像幽灵似的耸立在薄雾之上。偶尔有一棵枯干的松树把它的树顶从薄雾中冒了出来，就像一个水中淹死的人从冰冻的急流中伸出了手似的。这儿看不见急流，但奔腾咆哮声听起来很近，好像一斧头扔过去就能够得到似的。

尤哈觉得他的脑海里好像有个裂着大口的空穴，自从玛丽亚回来后，他想挤掉它，但是无济于事。空穴里出现了玛丽亚出走和回来的情景，除此之外就是一片雾茫茫的树林，里面住着像他所推测的这类鬼魅——那个星期天晚上，他想用破衣服、胸针和花言巧语来迷惑她，但是玛丽亚拒绝了他给的这些小玩意儿，而是——好像故意做给他看——走到我的跟前来收拾渔网。然后，为了躲开我母亲，她跑到急流边，从此就没有回来。事情发展到这个地步，尤哈是清楚的。但是，从此开始，一切都被掩盖起来，一直到玛丽亚出现在牧场上的牛群里。在玛丽亚出走和再现之间，一切都好像被雾笼罩着。但是，什么可怕的东西都可能隐藏在雾中。

为什么她什么也不说？要是她能开口说话多好！要是她能自己把事情说出来，也许能使她好受些。他们也许折磨她，虐待她，把她碾碎。她是一个羞怯、傲慢、敏感的人，只要有人碰她，她就会像麋鹿一样颤抖。对这样一个弱女子，他们也许干了一些难以启齿的事——但是她不告诉我，我怎么能知道他们干了些什么呢？她看起来老了十年，头发都掉了，眼睛里的光彩暗淡了，胸脯凹陷，额头上满是皱纹——她好像很累，连白天都要休息。她躺在床上呻吟，白天走路就像梦游似的。她变得如此羞怯，连跟卡依莎都不交谈。

每天晚上，开垦荒地回来后，尤哈总是下定决心想问她，让她开口说话，解除她的顾虑，但是他总是没有问她。

一个下雨天——这个夏天老是雾蒙蒙，雨纷纷——玛丽亚坐在厅堂烟囱角落旁的窗户下织袜子，她在织一个小孩的袜子。让他问我吧。如果他不问，我就跟他说我在给我的孩子织袜子。我不能隐瞒了——我也不在乎——让他知道吧，不管怎么样，他总要知道的。如果他要那样做，就让他把我轰走吧，我就回去。或者让他用那把砍刀砍我，如果他想这样做的话。

玛丽亚继续织袜子，用没精打采的、心不在焉的眼光盯着她前面的厅堂，此时尤哈正在靠近门口的地方削木头。她看见零零散散的幻影在她眼前出现，有的是自动出现的，有的是她虽微弱地驱赶但仍然挥之不去。她看见谢美嘎无忧无虑地坐在桌子那头的长凳上，身子后倾，身上穿着一件绣花衬衣。她看见他打开他的箱子，手指头吊着丝巾和胸针。她看见他猛地把她搂进怀里，抱着她上了岸。她虽然想驱散这些幻影，但是她还是情不自禁地看见它们。她看见谢美嘎在急流下方的小岛上醒过来时把船上的树叶扯掉，脸上露出很不满意的神情——如果当时我跳进急流，那么我现在的处境就要好多了。谢美嘎又出现在她的眼前，他是在急流中掌舵，他的胡须分成两边在风中飘扬，脸上露出自傲的笑容，眼睛里闪烁着高兴而嘲讽的神色。然而，他欺骗了我，他怎么能这样做呢？他连亲生的孩子都不想看——我怎么可能从他那里得到安宁呢？不过，她要抹掉这些记忆是不可能的，要抹掉一个都办不到。这些记忆就像闯入牧草地的牛，因为栅栏已经烂掉，它们就可以随意进出，到处乱踩，她无法把它们挡开，因此她是又急又气——天在不停地下雨，安雅要是来的话，她大概已经带着孩子离开那里了——他们现在会在哪里呢？如果他们现在还没有到，他们大概不会来了。

天哪！要是安雅不把孩子带来，那怎么办呢？要是他们走进了深山老林迷了路，那怎么办呢？要是他们根本就没有动身，要是老渔夫马特虽然答应跟他们一起来但并没有这样做，那怎么办呢？——天哪，我为什么把他留在那里呀？

尤哈听见玛丽亚又在叹气。这一切都表明，由于某种原因，她还在受苦受难。他停止削木头，坐了下来，并且开始平刨。他终于说了出来："他们那里是不是对你很坏？"

现在他开始问她了。她已经开始以为他不会再提出这个问题了。我该对他说什么呢？

"'那里'你指的是哪里？噢，那里是吗？"

"他怎么把你拖到船上的？"

"我记不清了。"

"你没有抬头，你是不是晕倒了？你的手脚是不是都动不了啦？"

"动不了啦？"

"卡侬莎说你一动不动地躺在船头。她说她没有听见你喊叫。不过，即使你喊叫，在急流里她怎么能听得见呢？"

卡侬莎是不是看见了？她看见了什么？玛丽亚悚然一惊。

"我记不得了，"玛丽亚说得很快，"到了急流下方我才恢复知觉。"

尤哈静默了一会儿，用眼睛打量了一番，然后他又说了下去，声音有点儿颤抖。

"他们是不是把你绑起来了？"

"'他们'指谁？"

"他和他的一伙。"

"他们是不是把我绑起来了？"

"是的，把你绑在船上，树上，或者什么地方，这样你就逃不了啦。"

开始玛丽亚回答说：

"他们没有把我绑起来。"

后来她补充说：

"没有别的人，只有他一个人。"

"我以为别人都在那里等着他哪。"

"没有。"

"那么他怎么独自把你控制住的？一直到目的地——这么远的路！"

"他为什么控制不了呢？一个男人和一个女人。"

"对呀！像他这样的人一定有自己的办法。"

玛丽亚没有吱声。她听到啪嗒一声，她转过头朝着尤哈看。尤哈正在加工的那根木头已经掉在地上，他弯下身子拾起那块木头。

"他有没有对你施暴？"他粗声粗气地说。为了掩盖他那激动的情绪，他就弯腰伏在他在加工的那块木头上。

为什么他什么都要打听？这样对事情会有好处吗？不跟他说他也应该猜得出来。于是，玛丽亚冷言冷语地回答说：

"像希拉芭生的谢美嘎这样的男人，难道你认为他会不这样吗？"

但是，同时，玛丽亚突然大喊一声，真是谢天谢地：尤哈在他加工的那块木头前面挺直了身子，眼睛里充满了杀气，高高举起斧头，刚好从房梁边擦过。

"我要——我要杀了他！"他嘶哑地喊道，斧头完全嵌入了那块木头。他使足了劲儿，想把斧头从木头里拔出来，但是斧头没有拔出来，而是木头跟着斧头一起升到了空中，掉下来时，只听得轰隆一声，震得整个房子都摇晃，震得挂面包的木杆都倒在地板上。尤哈随之冲了出去。

玛丽亚惊魂稍定，一种好像是洋洋得意的感觉弥漫了全身。她的心好像要跳出来似的。你有没有足够的男子汉气概？你敢不敢向谢美嘎报仇？你敢不敢像砍那块木头那样砍谢美嘎的脑袋？如果他不把孩子交出来，你敢不敢把孩子抢过来？你能不能这样做？你有没有这个本事？

她听见尤哈急匆匆地走了回来。

"这个卑鄙的流氓——这个脚趾内向的家伙——他对你施暴了没有？"

"他对我施暴了！"玛丽亚给他火上加油。

"对你——你是世界上独一无二的——对你这样的人施暴？他敢对你施暴？"

"好像是这样。"

"很多次？"尤哈怒吼。

玛丽亚转过身子。现在她感到害怕了。她从未见过尤哈像这个样子，如此可怕，如此奇怪。

"快说，他是不是经常这样？"

"不是，不是经常这样。"玛丽亚轻声地说，她想抚慰他。

"他没有成功？"

"别问这些事情。"

"你阻止他了没有？"

"天哪！别问这些！"

"你打他了吗？咬他了吗？踢他了吗？"

"你为什么现在问这样的问题，尤哈？"

"不，不，我不——"

尤哈发现圆圆的面包从木杆上掉下来，散落在地板上。他开始捡面包。但是他又说了下去。

"他是在什么地方干的？"

"无论什么地方——"

"一上岸或者在船上？"

玛丽亚无法回答。

"我要是把他抓住，我就——我就——"

他站在地板中央，就像一头用后腿站立起来的灰熊。他笨拙地移动他的双手，一会儿合在一起，一会儿放开，好像在挤压什么东西似的。他咬牙切齿，站在谢美嘎曾经拥抱过玛丽亚的地方。

然而玛丽亚却感到茫然，神思恍惚，好像失去了知觉似的。为了躲避即将临头的危险，她猛地扑到尤哈的胸口，双手紧紧抱住他的脖子，尖声喊叫：

"天哪！亲爱的尤哈，别杀我！"

"杀——你？杀——你？"尤哈口吃地说，"不，不。我不是要杀你。"

"请你饶恕我，尤哈！"

"你说什么——为什么？"

"放手！让我走！"玛丽亚想从尤哈那里挣脱开。

"你去哪里？为什么？听我说，我的好孩子！"

"跳进急流里去——或者去哪里都行。"

"为什么？你听着！"

玛丽亚又一次扑到尤哈的胸口。

"我对你撒了谎。"

"你撒了什么谎？"

"这不是别人的孩子。"

"哪个孩子？"

尤哈别的记不得，别的也不知道，他只知道玛丽亚——她在他的怀里，她像一头冻僵了的羔羊在他怀里颤抖。

"你听见他哭的那个孩子。"

玛丽亚哭了起来，并且倒在尤哈前面的地板上。尤哈不得不把她扶到长凳上，她随之瘫倒了。

"天哪！现在可不要——"

尤哈一只手握住了玛丽亚的手，另一只手笨拙地抚摸她那随着喘吁而起伏的后背，他的心像冰块融化那样软化了，但他同时要克制住自己内心的激情。

"我本来准备把他偷偷地接到这儿来——现在我不要他来了，即使我永远见不到他也没有关系。"

"你可以把他接来——为什么你不可以——"

"他们不让他走！既然她还没有来，她就不会来了！我再也——我再也见不到他了。"

"你可以见到他——我们把他接来。"

尤哈这样一说使得玛丽亚又哭了起来，而且哭得几乎抽搐。

"让我们去接他。让我们一起把他接到这儿来。"

"不，亲爱的尤哈——哎呀，不，不，不要这样说！"

"这没有关系——你当时是无能为力——他是强行把你带走的，他是对你施暴，不是吗？！"

玛丽亚险些喊了出来:他没有对我施暴，我是甘心情愿走的！这样一来就可以真相大白了。但是，她却说:"即使你这样说，你也不可能把他接来——谢美嘎的孩子。"

"这孩子不是他的，不是我的，也不是别人的。"

"这是他的孩子。"

"这孩子是一种意料之外的产物——是无心产生的——不要哭，亲爱的玛丽亚！"

"无心产生的？"

"你当时是无能为力。你是被强暴的。"

"要是你母亲和兄弟知道了，那怎么办？"

"不让任何人知道。"

"难道你会对他们说这是你的孩子吗？"

"我绝不会让我家的人把你撕得粉碎的！我最亲爱的人——"

尤哈再也说不下去了。他又怕自己控制不住，或许是由于过分高兴或者是由于过分悲伤。为了没事找事，尤哈又开始捡撒落在地板上的面包，把它们串在木杆上。玛丽亚马上跑了过去，帮他扛住木杆的另一头。当尤哈把木杆放回房梁上时，他发现房梁上挂木杆用的，由树枝扎成的木环都断了。

"把这个放在桌子上吧——我去扎几个新的木环。"

玛丽亚看见他光着脑袋从厅堂奔向牧场，看见他站在栅栏门旁开始从一棵云杉树上摘树枝，弄得树顶猛烈地摇晃。

他要接受谢美嘎的孩子，而孩子的父亲却漠然置之。我对他却撒谎，而我现在还在欺骗他。我将永远无法向他承认事实的真相了——她来来回回走动——走到门边又走回来，走到窗户旁又走回来——

我会对他说的！我把真相告诉他后，我就跳进急流。或者我什么也不说就跳进急流——我把孩子留给他们？就在现在当尤哈答应接受孩子的时候？现在我不能——现在我还不能——

晚上，玛丽亚听见尤哈在对卡依莎说："明天我跟女主人一起要到境外去。我们不在的时候，由你来看家。"

"天哪！为什么？"

"女主人在那里留下一个孩子——她一个人无法把他带到这儿来。"

第 16 章

在铺满麦秸的木榻上，谢美嘎懒洋洋地躺在一块粗麻布的毛巾上，安雅正在给他搓背，她又是捏，又是拍，脸上露着幸福的笑容，眼睛里闪烁着不断赞赏的神情。啊！你呀！我的漂亮的小伙子！

"你让我休息一会儿，好吗？"

"休息吧，休息吧！"谢美嘎说。

安雅从木榻上下来，并且坐到了门槛上——她的目的并不是为了自己休息，而是为了让谢美嘎洗完澡后打个盹儿，如果他想这样做的话。

"我去看看孩子——一会儿就回来。"

"去吧，去吧。"

我心爱的人，他的声音是多么衰弱啊！他的心是多么悲痛啊！要是我能让他高兴多好！我要是知道如何抚慰他就好了！他是不是又想走了？

安雅走到木屋去看玛丽亚的孩子，她自己的孩子由老主妇照看，不让她把孩子带到这儿，尽管她希望如此。不过，我不发牢骚，我不发牢骚。谢美嘎想干什么都行——

哎呀！谁把木屋的门打开了？是不是老渔夫马特？有个女人背对着门站在小孩的摇篮旁，弯下身子看着孩子。

安雅双手一拍向前冲去，然后张开双手飞快地走进屋子。

"玛丽亚，玛丽亚！——你来了！这儿的路你怎么知道的？你去过谢美嘎家了吗？是不是他们告诉你怎么走的？"

"马特在急流下方钓鱼，我从他那里知道的。"

"你是从他那里知道的。谢天谢地，你回来了！我没有走成，我很抱歉。谢美嘎不让我们走。他想自己养自己的孩子，还养我。自从你走后，我们就一直住在这儿。整个夏天，玛丽亚，整个夏天！"

"今年夏天他没有找新的女人？"玛丽亚皱着眉头问道。

"没有，可怜的人啊！天哪！谢美嘎倒霉了！世界上卑劣的人真不少啊！她把他甩了，她把谢美嘎甩了！"

"去年冬天那个俄国女人？"

"就是她——在诺夫哥罗德，莫斯科或者谁知道什么地方，她离开了他。他们同居了一段时间，他失去了所有做生意赚来的钱，失去了一切，包括他自己和别人的钱。她把他剥得精光，包括他身上的衬衣，可怜的人啊！他连给女人买礼物的钱都没有了，他没有给我们带来胸针，连一条丝带都没有。她刺痛了谢美嘎的心。他好像很爱她。当他在睡梦中伸手摸我时，他还在喊她的名字赛拉菲娜。他也为你的出走感到懊悔，玛丽亚。他带着狗追你，但没有抓住你。'人人都欺骗我，人人都抛弃我。'他说。"

玛丽亚迅速转过身去，耸了耸肩膀，然后就弯下身子看她的孩子。

"他长大了，对吗？他真可爱啊！他是他父亲的宠儿——啊，他多么喜欢这个孩子呀！他用手抱着他，跟他牙牙地说话，用牛角喂他：'快吃，我的宝贝儿，妈妈不要你了，但爸爸喂你，赛姆，爸爸喂你。'他在这儿过得很愉快。整个夏天他都没有去赶集，也没有去参加派对，除了外出打猎或捕鱼外，他哪儿都不去。'我现在这样表现，玛丽亚也该称心如意了吧！'他说。你如果当时在家的话，他一定会把你带到这儿来的。因为你不在家，所以他把我带来了。我要不要现在就去告诉他还是让他睡觉？"

"我不想见他。"

"你不想见他？为什么？"

"我马上就走。"

"你马上就走？既然你回来了，你为什么马上就要走呢？你不是因为我而走的吧？我可以把他给你。我在他身上得到的欢乐已经超过我所能希望的。"安雅搂住了玛丽亚，她的眼睛噙满了泪水。"你别走，把他收下。不管怎么样，他不久就会离开我而去找那个俄国女人。我感到更为高兴，如果是你享有他而不是其他人——我可以当你们的女仆——你能让我把贝特利带到这儿来吗？我跟他一起住在萨乌那屋，为你们效劳。如果你要我这样的话，我也可以完全离开这儿，这样好吗？"

"你可以享有他，我亲爱的小姐。"玛丽亚说，弯下身子看着孩子。"我马上就走，那里还有一个人等着我。"

"你仍然是那样狠心肠吗？"

"是的。"

"你仍然恨他吗？"

"是的。"

"你别——我不相信——你不可能这样的。"玛丽亚自己也不相信她说的话。木屋在她眼睛里晃动，犹如坐在一条在急流中穿行的船的船头。俄国女人把谢美嘎甩了？谢美嘎曾经询问有关我的情况并且亲自出来追我？我为什么不是一个人出来呢？我能不能再见一次谢美嘎？但愿尤哈能按他承诺的那样待在船上！

尽管如此，她嘴上还是说："不，你不能——你不能去告诉他。"

安雅已经溜了出去。玛丽亚抱起孩子准备走了，但是她又把孩子放回摇篮。如果他想这样做，就让他跟自己的孩子告别吧——

谢美嘎躺在铺满麦秸的木榻上睡觉。他躺着的样子还是安雅走的时候那个样子——我要叫醒他还是让他继续睡？亲爱的，他从树林回来很累，所以就睡着了。我给他洗澡，我用力给他擦了一遍。这个瘦高身材的孩子就这样睡着了，胡子散落在他胳膊和面孔中间。我要不要让玛丽亚带着孩子走？要是他知道了发脾气那就糟了！安雅不知道怎么办。她的眼里噙满了泪水。刚才一切都很清楚，而现在却是一片混乱。她也许在我回来之前就带着孩子走了。就让她带着孩子走吧——我会对他说有人偷偷把小孩带走了——我不叫醒他，我把床单盖在他的肩上。如果这样他就醒了，那就醒过来吧。如果他不醒，那就让他睡吧。

可是，谢美嘎醒了，侧过身子，伸了伸腿，打了个哈欠。他看见了安雅就往墙边挪了一下，给安雅留出地方来，并且闭着双眼，懒洋洋地把安雅拉到身边。

"来客人啦。"安雅说。

"谁？"

"玛丽亚。"

"什么玛丽亚？——噢，玛丽亚？"

"芬兰的玛丽亚。她回来了。"

她回来了！谢美嘎跳了起来。她还是回来了，尽管她是怒气冲冲走的。

"让我给你擦擦干！"安雅说。谢美嘎穿衣时，她就同时把他擦干。

她独自一人穿过荒原，长途跋涉，终于回来了！难道她还是不喜欢她原来的丈夫？谢美嘎的拥抱毕竟使她着了魔，不是吗？这个傲慢的女人不得不低下她的头了！她回来了，她终于回来了！要是那个俄国女人也能回来就好了！

他笑容满面，沿着小道走向木屋，一路上心里琢磨着他该怎么办：我要张开我的双臂，让她像过去那样扑到我的怀里来。

但是，玛丽亚靠在灶台旁站着，尽管谢美嘎张着手臂在门边站了一会儿，但她并没有向他走过来。她是一副严肃、僵硬的样子，皱着眉头。她好像没有看见他似的。这时候，当谢美嘎向前走了几步，他发现尤哈坐在厅堂里头的木板凳上。

他猛地一惊，开始向后退了一步。噢，原来如此！这是战争还是和平？——不过，当他发现尤哈手中没有武器时，他又朝前走了一步，并且就站在门口不动。

"哟，我们有来自远方的客人！欢迎，欢迎！"

尤哈没有吱声，玛丽亚也没有吱声。

"这是你们的目的地还是你们还要往前走？"

"我来——我们来接孩子。"玛丽亚说。

"来接孩子——东家也是来接孩子的？"

"是的。"尤哈说。

谢美嘎被弄得有点儿迷惑不解，他站在门口，既不进来也不出去，一声不吭，一会儿用这只脚站，一会儿用另一只脚站，一只手插在腰带里，另一只手梳理他的胡须。原来她是来接孩子的，不是留下不走了。她还带着她丈夫来帮忙。这老家伙来了，他也是穿过同样的急流，大概也经过同样的小岛。现在她要让他穿过急流用船把她运送回去，在浅水区用船篙来撑，在深水区用船桨来划——这老家伙又是拉，又是划——他们俩浑身湿透，衣服撕破，瞪大眼睛盯着我，一副怒不可遏的样子。谢美嘎经历过许多次涉及女人、她们的丈夫和孩子的怪事，有时候，谁也不知道孩子的父亲是谁。

"你的丈夫知道不知道孩子的父亲是谁？"他问道，气管里爆发出一阵狂笑。

"他知道。"玛丽亚赶紧回答，好像要打断他似的。

谢美嘎无法控制，抵挡不住地大笑起来，这笑声使牙齿暴露无遗，胡须颤抖，脑袋晃动。他一边狂笑，一边还用手使劲拍打膝盖。

"你笑什么？"尤哈问道，他那对布满血丝的眼睛死死盯着谢美嘎。"你笑什么？"他又问道，从他坐的木凳上跳了起来，但同时又坐了下去。

"你们是两个人一起来的——当然是接你自己的孩子，坏家伙！哈！哈！哈！"

安雅出现在门口，她在谢美嘎背后。她抓住了谢美嘎的袖子，好像在责怪他。谢美嘎转过身子，仍然在哈哈大笑，并且准备跨过门槛走出去。

此时，安雅大叫一声："当心，谢美嘎！"

但是，就像一头在自己的洞穴里被人挑衅、刺戳、虐待的灰熊，尤哈已经跳了起来，一把抓住他一直坐在上面的那条木凳的腿。谢美嘎很快转过头来，举起一只手，同时往旁边一闪，试图保护自己的脑袋。这一下就击中了他伸出来的胳膊，并且咔嚓一声把它打断。谢美嘎倒在地板上，但他又跳了起来，退到门旁的角落里，抬起一条腿想挡住尤哈第二次打击，结果他的腿跟他的手一样被凳子腿打断。谢美嘎再次倒在地板上。玛丽亚抱起孩子冲了出去。安雅一下横躺在门槛上，无可奈何地呻吟着。

谢美嘎毫无办法地躺在地板上，闭上眼睛，等着最后一击的到来。但是尤哈并没有再打他。他吸了一口气，但是无法动弹。他突然感到非常疲惫，非常软弱，甚至连一只手都举不起来。他现在遇到的就跟有一次他追逐一只野狼时所遇到的同样的情景：滑了几天雪后，他在雪道上几乎累得瘫倒，就在此时，他离这只野兽已经非常近，于是他用滑雪杖把它的脊骨打断，但是他还不能结束它的生命。这只狼还想逃走，它举起前腿，但后腿和下垂的尾巴越来越深地陷进雪地里。它气喘吁吁，露出它的牙齿，拱起它的脊背。这下你可逃不了啦！你在这儿受罪吧！你在这儿受罪吧！是你咬死我唯一的小母牛，是你撕碎它的胸部——这次你可也落得个掉进陷阱的下场呀！

"喂，杀了我吧，杀了我吧！"

"我还有足够的时间——"

现在他就在那里，尤哈不用别人帮助就可以报仇——正如他干别的事那样，这一切都是他一个人干的——没有对任何人说就考虑决定了——整个教区，包括他的兄弟和烧炭人不久就会听到有关这一切的情况。他干的就跟以前别人干的一样，关上大门，外面用木头支住，然后放火烧木屋。咆哮吧，野狼，再咆哮一下吧！喂，笑吧！为什么你不笑了？

安雅已经爬了起来，她想跨过门槛走进木屋。

"走开，别乱叫！"尤哈用手背把安雅推开。他觉得他的体力恢复了。

"你别以为拐腿尤哈什么事都干不了——你敢光天化日之下闯进我家把她抢走——你以为我是个残废老头儿，而你是个漂亮的卡累利亚人。现在用你的胳膊搂住她的脖子吧——快跑，快去追！瞧，门在这儿，快走，你现在可以走！把她带走，再把她带走吧！"

"天哪！看你干了些什么！你把他打成了瘸腿，他永远成为瘸腿了！"安雅大声抱怨。

"别抱怨！很快就完了！"

尤哈手中挥舞着一把他在凳子下面找到的斧头。安雅紧紧缠住了他。

"别杀他，我的好老爷，别杀他！他对你干了什么坏事啦？"

"他把我唯一的亲人抢走了——"

谢美嘎突然抬起头，并且依靠没有受伤的那只胳膊从地板上用力把身子支撑起来。

"我抢她？"

"你抢她。"

"不，我没有抢她。"

"是你抢她的，是你强行把她带走的！"

"她是不是告诉你是我把她强行带走的？"

"是你把她抢走的，是你把她抢走的！"

"我没有把她强行带走，她在湖边是自己投入我的怀抱的。"

尤哈再次举起斧头，但是安雅扑倒在地上护住谢美嘎，并且大声喊道："玛丽亚是出于自愿走的！她爱上了谢美嘎，肯定是一见钟情。她恨你，她讨厌你——这是她亲口说的。她恨你，希望你早日归天！"

"她希望我早死？她希望我早死？"尤哈像个醉鬼似的在地板上来回走动，手里仍然挥舞着斧头，一会儿撞到桌子上，一会儿撞到墙上。

"她要是不是自愿跟谢美嘎一起来的，她怎么会跟他在这儿一起度过整整一个夏天呢？"

"在这儿？"

"是的，在这儿。在那张床上。"

谢美嘎在安雅帮助下已经坐了起来，背靠在灶台的壁架上。

他痛得满脸紧绷，但他仍带着苦笑大声喊道："她说从来没有人像我那样亲昵地拥抱过她。"

"你应该把她打成残废，而不是谢美嘎！"安雅面对着尤哈喊道，眼睛里闪烁着可怕的神情，头发披散在肩上，"你把我唯一的爱人打成了残废。你从背后打他的，你这个杀人凶手！现在他晕倒了！"

谢美嘎侧身倒了下去，刚好压在他的断臂上，他就此失去了知觉。安雅想把他抬起来，但是抬不动。斧头从尤哈手中滑了下来，他麻木不仁地站在地板中央。

"我抬不动，"安雅嘟哝着说，接着又流下了眼泪，"是我把他叫醒。我为什么要叫醒他呢？天哪！我要是能把他抬到床上就好了！帮我一下！喂，你帮我，好吗？"

尤哈帮安雅把谢美嘎抬到木屋里头那张铺满芦苇的床上，尤哈用手抬他的头部，而安雅则抬他的两只脚。

"把那个枕头给我。"尤哈把枕头递给了安雅，她随之把枕头塞到谢美嘎的头下。

尤哈仍然站在那里，好像失去知觉似的。

"现在你走——唉，你快走，可怜的人啊！"安雅叹了口气说，推着他的肩膀把他推了出去。

第17章

岬角堤岸上停放着一条小船。玛丽亚蹲在一块大石头旁，好像故意躲藏似的，她的怀里抱着正在睡觉的孩子。从阴冷的西北方向经过空阔的、没有岛屿的湖面而流过来的湖水击拍着凄凉的堤岸，溅起朵朵浪花。一阵强风刮来，稀稀拉拉的水草随之摇曳着，沿岸的桤木树沙沙作响，声音时高时低。来自湖湾尽头的急流，在峡壁和礁石间急速地迂回，旋涡翻滚，汹涌澎湃。

尤哈沿着河岸急促地走着，有时还绊倒在地。看到小船后，他就朝着小船奔了过去。他看起来很可怕，光着脑袋，手里拿着帽子。

这下他要杀我了——就让他杀吧，只要他不杀孩子。但是，当尤哈走近时，连玛丽亚都看见尤哈脸上流露出的那种极度疲倦的神情。他叹口气就坐在一棵倒了的树的树干上，脸色苍白，头发湿淋淋的，汗珠从额头上滴了下来，下巴没精打采地耷拉着。

"请你原谅我，好吗？"玛丽亚说。

"原谅你——"他在走投无路的情况下，说话的声音非常微弱。在玛丽亚的耳朵里，他好像在说：原谅你现在还有什么用？

接着，尤哈好像自言自语，眼睛仍然盯着前方，声音跟目光一样死气沉沉，他说："你不是被强行带走的？"

"不是。"

"他没有对你施暴？"

"没有。"

"你是心甘情愿走的？"

玛丽亚没有回答。

"为什么你以前不告诉我？"

"我不敢。"

现在她承认了，因为她无法再隐瞒，也不需要再隐瞒了。

"你希望我早死？"

玛丽亚无法回答。一阵痛苦涌上尤哈的心头——她连这一点都承认了，不是吗？她至少可以否认这一点——即使这是真的。

尤哈猛地站了起来，使劲把船推到水里，用力太猛，船上的船桨和座位被他弄得乒乒乓乓作响。他自己也因为推得太猛而跪了下来。

"上船！"他严厉地说。玛丽亚觉得他的眼神看起来非常可怕，非常凶狠。他的脸涨得通红，一直红到颈项。一种莫名其妙的恐惧突然抓住了玛丽亚的心，她不知该怎么办。她大声喊道："我不走！你会把我们淹死的！"

"我不会把你们淹死的——"尤哈像长期卧床不起的病人那样呻吟道，脸部又是非常松弛，同时还闭了一会儿眼睛。

"我们去哪儿？"玛丽亚小心翼翼地问道。

"回家，不是吗？除非你愿意留下——照顾他。"

"不，不，尤哈，我不留下——咱们走吧。我从来没有希望你早死。"

尤哈做了个手势，好像在说：别说了——我知道——现在没有用了。

玛丽亚上了船，并且开始走向船尾。

"坐在船头，带着孩子最好坐船头。"

尤哈自己上了船就坐在后排划船。玛丽亚把孩子放在船头，她抓住船桨准备划船。

"别划。我来划船。"

他把小船转向由于流水汹涌而泛起无数泡沫的急流。他划呀划，在越来越湍急的逆流中，他必须越划越使劲儿。

"还是让我也划吧。"

"你别划。"

可是，他的力气越来越差，他像在被雪封住的路上拉着车的马那样，累得气喘吁吁——我是不是划不动了？我的力气怎么啦？我现在还能不能够帮他们逆流而上穿过所有的急流险滩呢？要是我中途夭折，那么他们怎么办呢？他觉得好像一个快要晕倒的人那样眩晕。船桨好像车轮陷在泥淖里似的无法从水里拔出来，小船好像停在原地，虽然河水湍急地往后流着，但是两旁的堤岸好像站着一动也不动。

"那你也划吧。"

在玛丽亚的帮助下，他们总算渡过了第一个急流。当他们进入静水潭后，他们就划得不那么费劲儿了。尤哈以为他还在划，但是，就像一个没有经验的划手，他划船时两个船桨老是不同步。

——我把他打成残废。我为什么要把他的手和脚打断？她自愿跟着他走，这不能怪他——也许她是毛遂自荐，自己找上门的——他的家族不会不替他报仇的，他们是卡累利亚的贵族。这下他们要跟我们长期不和了——正如直到目前那样，从今以后，我将使她不幸。她怕我把她和她的孩子淹死。她将日日夜夜生活在恐惧之中——生活再也不会完整无缺了——她希望，她希望我早死。我一气之下既然会干出这样的事，她完全可以希望我早死。我把一个无辜的人打成残废，他是她的孩子的父亲。父亲就是父亲。她跟他生了个孩子，没有跟我，也许她根本就不想跟我生孩子——不，她从来也不想这样。不过，她可以得到我的房子——

小船在一条急流下方搁浅了。玛丽亚抱着孩子上岸。尤哈好像忘了似的坐在船上，两只船桨放在水里。

——他们可以得到我的房子。我们的家不可能把房子从她手里夺过来，因为她有直系继承人。这个情况连卡依莎都知道——只剩下山顶部分还没有开垦——啊，我的呼吸太困难啦——谢美嘎家也许是不会把他们亲属的房子毁掉的。对他们来说，这是一个很好的歇脚的地方。我要是能在这儿喘口气，也许星期天我就能够，我就能把他们送回家——也许她宁愿留在这儿照顾她的孩子——

尤哈非常吃力地站了起来，上岸的时候差一点儿摔倒。他手里拿着帽子，把里面翻到外面，用帽子盛水喝，然后把帽子仍然翻面地戴在头上。他站了一会儿，把急流仔细看了看，接着他就开始慢慢地梳理船头上的纤绳。

玛丽亚坐在岸上的高处，逗孩子玩儿，此时襁褓里的孩子开始哭了起来。

"他干吗哭呀？"

"我不知道，大概想吃奶吧。"

"给他吃——嘿，把奶头给他。"

"我不能——"

然而，玛丽亚还是把包裹着孩子的头巾解开，把孩子抱在胸前逗他玩。这个孩子就不哭了，开始笑了起来，咿呀咿呀地说话，用嘴巴、手指头、眼睛找妈妈的奶头——别人的孩子，一个陌生人，黑头发，额头像玛丽亚，眼睛像谢美嘎——

她跟他生孩子——不跟我生孩子——不，她不跟我生孩子——

尤哈转身走了，把小船推到水里，把纤绳搭在肩上，沿着急流的岸边拉着船往上走。把船拉到瀑布上方的静水潭时，他就把船拖到岸边，上了船，站在船尾开始用篙撑船，逆流而上。

玛丽亚沿着岸边跟随在他的后面，准备到了静水潭上船，并帮着撑船。不过，看来他好像一个人能对付。小船绕过礁石轻轻地逆水而上。尽管现在水流的阻力并不大，尤哈的背脊却弯下，挺直，弯下，挺直，越来越快，好像要急急忙忙逃跑似的。难道他打算溜走而把我们丢在这儿？难道他现在是这样想的吗？不，不！

突然玛丽亚看见船停住了，船头高高翘起，好像搁在礁石上了。尤哈用力向后撑篙，但是小船一动也不动，稍微侧倾一下，水就流了进来，很明显，船被夹在两块岩石中间。流水冲击船尾，使船更加卡在石头缝里。现在尤哈走到船头，把篙插到河底，试图用篙靠着船舷很小心地把船撬开。可是，船篙被什么东西钩住似的，拔不起来。于是，尤哈就让它插在水里。他走向船尾时，晃晃悠悠，但没有摔倒。他又走到船头，重新抓住船篙，猛地一拉，船篙咔嚓一声断了。尤哈随之摔倒在小船的座位上，手里拿着半截船篙。与此同时，小船脱离了礁石，开始随波逐流。

他为什么不抓住船桨呀？为什么让船漂向大瀑布？"尤哈，尤哈！快划！为什么你不划船桨？"小船在湍流中横着滑行，越滑越快，而尤哈却坐着不动。"哎呀，可怜的人啊！他不想！"玛丽亚跑到尽可能靠近他的地方，并且挥动着她的双手。当小船滑到她的对面，靠近瀑布的顶端时，尤哈看见玛丽亚后就把半截船篙扔到水里。为了回应玛丽亚，他也挥动一两次他的双手，好像模仿鸟儿拍翅起飞的样子，脸上露出莫名其妙、毫无表情的微笑，头上戴着里面朝外的帽子。与此同时，小船翻了，尤哈沿着瀑布直泻而下。